S

7483

LA
CHASSE AU LION

PARIS. — TYP. SIMON RAÇON ET COMP., RUE D'ERFURTH, 1

A. Coville, lith.   Imp. Lemercier Paris

JULES GÉRARD.
LE TUEUR DE LIONS.

JULES GÉRARD

(LE TUEUR DE LIONS)

LIEUTENANT AU TROISIÈME RÉGIMENT DE SPAHIS

LA CHASSE
AU LION

ORNÉE

DE GRAVURES DESSINÉES PAR GUSTAVE DORÉ

D'UN PORTRAIT DE JULES GÉRARD

PARIS
LIBRAIRIE NOUVELLE
BOULEVARD DES ITALIENS, 15, EN FACE DE LA MAISON DORÉE

1855

A MONSIEUR

LE COMTE RANDON

GÉNÉRAL DE DIVISION,

GOUVERNEUR GÉNÉRAL DE L'ALGÉRIE

·HOMMAGE

DE MON RESPECTUEUX DÉVOUEMENT ET DE MA PROFONDE RECONNAISSANCE

JULES GÉRARD,
Lieutenant au 3ᵉ régiment de Spahis.

PRÉFACE

Cédant aux conseils de quelques amis, j'ai réuni mes souvenirs de chasse pour les offrir à tous les veneurs et chasseurs mes confrères.

Ce livre, ou plutôt ce recueil, est destiné à initier le lecteur à mes chasses au lion, aux éléments cynégétiques que l'Algérie renferme, et aux moyens usités pour chasser à tir, à courre et au vol, par les Français et par les indigènes.

Je n'ai pas la prétention d'être un homme de style : je préviens donc ceux qui liront ces quelques chapitres qu'ils n'y trouveront point de phrases, mais des observations fondées sur l'expérience, des anecdotes et des faits racontés simplement et tels qu'ils se sont accomplis.

Afin de mettre à même ceux de mes confrères qui, après avoir lu, voudraient à leur tour voir ou pratiquer, de profiter de ce que j'ai écrit pour eux, j'ai cité exactement les contrées qu'ils devront parcourir, les tribus et les hommes qu'ils pourront interroger en toute assurance.

Puisse la *Chasse au Lion* être utile à quelques-uns et agréable à tous ! Si j'obtiens ce double résultat, mon but est rempli.

Jules GÉRARD.

INTRODUCTION

Nous sommes l'un des amis dont parle l'auteur dans sa préface, et celui qui a le plus insisté, — nous nous en félicitons, — pour le décider à publier ce recueil.

S'il est des œuvres exceptionnelles dont on peut à l'avance garantir le succès, certes celle-ci est de plein droit du petit nombre de ces œuvres privilégiées. Effectivement rien ne manque ici pour captiver de prime abord l'intérêt du lecteur, ni le sujet du livre, ni le nom de l'éditeur responsable qui le signe. Nous dirons plus, la forme laissât-elle à désirer quelque chose, que le fond seul suffirait pour concilier toutes les sympathies, tant il doit plaire aux esprits généreux et flatter en même temps cet irrésistible sentiment de curiosité qu'éveille toujours en nous l'attrait de la nouveauté, à plus forte raison de l'inconnu.

Quand, cet hiver, Jules Gérard, ce frère d'adoption dont nous nous sommes fait en France et le parrain et l'hôte, en attendant le jour si ardemment souhaité de part et d'autre où le

1

Tueur de Lions voudra bien, à son tour, accueillir le *Journal des Chasseurs* sous la tente du douar africain et lui servir de guide sur cette vieille terre numide que nous ne désespérons pas d'explorer tôt ou tard ; quand, cet hiver, disons-nous, Jules Gérard, s'abandonnant aux charmes d'une causerie intime, nous exposait simplement, entre deux cigares et au coin du foyer domestique, l'un de ces grands drames cynégétiques dont il a été le héros ; puis, quand, entrant en plein dans son sujet, avec une mise en scène toute locale, sans autre décoration que celle fournie par la nature, prenant ses accessoires et ses trucs sur le théâtre même de l'action, il nous en développait les sombres péripéties mieux que ne le ferait l'auteur le plus habile, — aux sourds rugissements du lion, son orchestre à lui, à la clarté fantastique de la lune, ce lustre mystérieux de ses nuits :

« — Que ne prenez-vous la plume ? lui demandions-nous alors, encore tout impressionné de son récit : que n'initiez-vous le public à ces scènes palpitantes et nouvelles que nul n'a retracées avant vous, ni les naturalistes chasseurs qui ont voyagé et qui ont écrit, les Levaillant, les Audubon, les Cumming, les Delegorgue et autres, ni les poëtes romanciers que la chasse a le mieux inspirés, pas même Fenimore Cooper, l'heureux créateur de *Bas-de-Cuir*, cette figure à part, ce type hors ligne, qui deviendra un jour une légende non moins populaire que l'immortel *Freyschutz* de Weber ?

« Écrivez comme vous parlez, c'est-à-dire nettement, sans phrases, sans exagération, sans prétention de style visant à l'homme de lettres ; racontez tout bonnement, n'amplifiez pas ; surtout gardez-vous de toute révision étrangère, de toute association littéraire qui, sous prétexte de vous enseigner le métier, vienne mélanger sa couleur à la vôtre, substituer son faire ma-

niéré à l'allure simple et originale de votre prose ; en un mot,
restez ce que vous êtes, contentez-vous de votre individualité,
soyez vous-même, entrez en scène avec vos qualités et avec vos
défauts ; et, dans ces conditions-là, nous ne nous avançons
point trop en prédisant dès aujourd'hui trois éditions consécutives à votre livre. La *Chasse au Lion*, publiée et signée par
Jules Gérard, aura le même retentissement, n'en doutez pas,
qu'a eu jadis, dans un autre genre, le *Chasseur au Chien d'arrêt*, publié et signé par notre confrère et collaborateur Elzéar
Blaze. »

Telle était notre opinion sincère, et, fort heureusement pour
le public et pour lui, l'auteur, tout modeste qu'il est, a bien
voulu nous croire. Il s'est mis à l'œuvre, et il a écrit, séance
tenante, sans désemparer, le volume que l'on va lire, volume
dont nous savions les épisodes par cœur, nous, son auditeur
habituel, mais dont nous eussions d'autant plus regretté de
rester, grâce au privilége d'une amitié égoïste, le dépositaire
exclusif.

Dédié par un juste hommage de reconnaissance au général
Randon, cet illustre soldat, l'une de nos gloires de l'armée
d'Afrique, l'ouvrage de Jules Gérard se divise en dix chapitres.

Le premier — à tout seigneur tout honneur — est naturel-
ment consacré au *Lion, à l'étude de ses mœurs et de ses habitudes*. C'est une entrée en matière très-large et très-nette, où
l'auteur prouve que la plupart des naturalistes ne connaissent
qu'imparfaitement le caractère de l'animal dont les traits les
plus saillants, n'en déplaise aux préjugés populaires qu'ont
enracinés chez le vulgaire de vieilles histoires plus ou moins
authentiques, sont la paresse, l'impassibilité et l'audace. L'a-
venture de ces deux frères, condamnés à mort, qui s'évadent

une nuit des prisons de Constantine, les fers aux pieds, et n'é-
chappent aux chaouch d'Ahmet-Bey que pour tomber en chemin sous la dent du lion, est une anecdote à faire dresser les
cheveux d'épouvante sur la tête du plus brave, et qui réfute
victorieusement cette réputation usurpée de magnanimité
qu'ont faite au roi du désert le lion d'Androclès et celui de
Florence. A la fin de ce préambule est une statistique fort
curieuse que nous recommandons au lecteur et qui fait re-
gretter, en démontrant ce que coûte annuellement un lion à la
contrée dans laquelle il a élu domicile, que des obstacles réels
aient momentanément forcé le gouvernement d'ajourner la
proposition faite par l'auteur d'établir en Algérie une vénerie
spéciale destinée à diminuer le nombre de ces gargantuas affa-
més, qui sont, comme on peut s'en convaincre par ces chif-
fres, de rudes percepteurs d'impôts pour les populations indigènes.

Le deuxième chapitre traite de la *chasse au Lion chez les
Arabes*. Avant de parler de quelques tribus qui ont le courage
d'attaquer l'ennemi en face, ou du moins à leur corps défendant, l'auteur cite les moyens de destruction dont on fait quelquefois usage avec plus ou moins de succès. Ils consistent dans
la fosse (*zoubia*) et l'affût (*melbeda*) tantôt sous terre, tantôt sur
un arbre. La description de la fin héroïque du lion assez peu
chanceux pour tomber dans le premier de ces piéges est une
page bien écrite et bien sentie. On voit que Jules Gérard est
un cœur noble, généreux, qui aime à combattre son adversaire
à armes courtoises, et qui, même au moment du triomphe, n'a
jamais dit malheur aux vaincus.

La province de Constantine ne compte en tout que trois tribus qui chassent le lion au fusil, savoir : les *Ouled-Meloul*, les

Ouled-Cessi et les *Chegatma*. Les deux premières de ces tribus
ont, aux yeux de l'auteur, une grande supériorité sur la troisième ; on verra pourquoi et comment, en lisant la description
du plan de campagne que chacune d'elles adopte quand il
s'agit de se liguer contre l'ennemi commun. Il est impossible
de faire un résumé plus intéressant et plus exact des diverses
opérations stratégiques qui, chez les *Ouled-Meloul* et les *Ouled-
Cessi*, précèdent l'engagement et n'amènent pourtant pas toujours une victoire chaudement disputée.

Le troisième chapitre est intitulé : *Chasse à la Panthère*.
Suivant l'auteur, il y a deux espèces de panthères, pareilles
quant au pelage, mais différentes quant à la taille. La plus
grande, qui est d'un tiers plus grosse que l'autre, est à peu
près de la force d'une jeune lionne. Le parallèle que notre
chasseur établit, dès les premières lignes de ce chapitre, entre
les deux animaux les plus redoutés de l'Algérie, nous humilie-
rait profondément pour notre compte, si jamais, la métem-
psycose aidant, nous devions nous voir revivre dans la peau
d'une panthère. Vous pensiez comme nous que c'était un animal très-dangereux que ce quadrupède moucheté à l'œil sournois, aux allures féroces, et vous frémissiez involontairement
quand jadis vous voyiez Carter ou Van Amburgh, s'enfermant
dans la cage de ces dames, provoquer leur ressentiment en les ca-
ressant d'un coup de cravache. Eh bien, rassurez-vous, comme
nous le sommes désormais nous-même : la panthère, Jules Gérard le dit et le prouve, est un animal rusé, souple, patient,
mais inoffensif et timide. Il fuit l'homme, n'accepte le combat
que quand la nécessité l'y contraint, et sa rencontre n'est pas
plus à craindre quand on ne l'attaque pas que son éducation n'offre de dangers aux hercules forains qui font, aux

dépens des gens d'esprit, le métier de dompteurs de bêtes.

Dans le quatrième chapitre, qui est très-court, comme si l'animal auquel il est consacré n'en méritait pas un plus long, l'auteur nous montre encore dans son véritable jour une physionomie que chasseurs et naturalistes ont presque toujours vue sous un faux aspect et avec des yeux plus ou moins prévenus. C'est celle de l'*Hyène*, ce quadrupède ignoble et lâche, au regard fourbe, à la mine repoussante, aux allures incertaines et rampantes, qui ne rôde que dans les ténèbres, qui, trop poltron pour attaquer en plein soleil une proie vivante, pénètre la nuit jusque dans les cimetières pour y violer les sépultures, et, à part quelques misérables chiens attardés qu'il surprend ou étrangle par ruse, ne se nourrit exclusivement que d'immondices trouvés aux environs des douars et des camps, ou de cadavres dérobés à la tombe. Le mot de cet Arabe à Jules Gérard qu'une rencontre fortuite a fait dégaîner contre une hyène : « Ne te sers plus de ton sabre à la guerre, parce qu'il te trahirait, » est d'une énergie chevaleresque, et prouve tout le mépris que les indigènes professent pour l'hyène, cet animal à demi boiteux, que l'auteur classe avec raison parmi ceux qui se tuent, mais qui ne se chassent pas.

Il n'en est pas de même du *Sanglier*, ainsi qu'on le verra dans le cinquième chapitre. Le sanglier d'Afrique, qui abonde dans les trois provinces de l'Algérie, est le très-proche cousin de notre sanglier de France. Comme chez nous, il est plus ou moins méchant, et conséquemment plus ou moins dangereux, en raison des pays qu'il habite ; la nourriture et la saison sont autant de conditions qui, en Algérie comme ici, ont sur lui une influence directe. Ce chapitre du sanglier, qui est très-complet et très-bien fait, contient dès le début un épisode on ne peut

plus dramatique que nous n'avons pas besoin de recommander
à l'attention du lecteur. L'histoire de cette partie d'affût qui
faillit coûter la vie à Jules Gérard et à l'un de ses camarades
est racontée sans phrases, avec un naturel et un sang-froid qui
ajoutent encore à l'intérêt du récit ; mais l'on se demande
comment, après une telle algarade, le futur *Tueur de Lions*,
qui n'en était encore qu'à son coup d'essai, ne fut pas à tout
jamais guéri de l'envie de retourner passer ses nuits à la belle
étoile. Décidément il faut que la passion de la chasse soit bien
forte. Du reste, l'aventure n'a pas été sans profit pour l'auteur : elle lui a fourni un enseignement utile, et qu'il a eu tort
de ne pas consigner dans son livre. « Jamais, depuis cette nuit-
là, nous disait en particulier Jules Gérard en nous racontant la
même escapade, je ne me suis mis à l'affût sur un arbre. C'est
une mauvaise méthode qui paralyse tous vos moyens d'action,
et qui, tout en offrant au tireur un peu plus de sécurité, le met
complétement, comme vous voyez, à la merci de l'imprévu.
Puis ce n'est pas l'acte d'un franc chasseur, c'est un guet-apens
qui frise de près l'assassinat, et j'aurais été dans cette circonstance massacré par les maraudeurs arabes, que la leçon eût
été dure, j'en conviens, mais cependant méritée. »

Le chapitre sixième traite du *Chacal* et du *Renard*. Le premier
de ces animaux, qui est un tiers plus fort et beaucoup plus
haut sur pattes que notre renard d'Europe, offre pas mal d'a-
nalogie avec lui quant aux mœurs et au genre de vie. Les indigènes le chassent à cheval avec des lévriers qu'ils découplent à
vue lorsqu'ils l'aperçoivent fuyant dans un accourre ou en
plaine. Comme c'est un animal qui se défend bien et qui n'est
pas très-vite, l'auteur conseille aux veneurs européens qui auraient à leur disposition, en Afrique, une douzaine de chiens

courants, de les mettre dans cette voie, qu'ils goûtent volontiers, probablement en raison du sentiment assez vif qu'imprime au sol l'odeur du fugitif. Une particularité très-remarquable chez le chacal, c'est l'instinct qui le porte, dans un intérêt de convoitise, à suivre, la nuit, les maraudeurs qui battent le pays et à escorter le lion qui se met en quête, en poussant un cri sec et rauque que l'on entend à d'assez grandes distances. Les Arabes désignent le chacal qui crie ainsi sous le nom de *Baouêgh*. Plus d'une fois il devient pour eux un auxiliaire utile en les prévenant à temps du péril qui menace leur douar. L'auteur lui-même confesse avoir obtenu de précieux renseignements du baouêgh, quand il lui est arrivé d'attendre à l'affût un lion qui ne rugissait pas, puisque, grâce aux cris du chacal, il pouvait, sans bouger de place, suivre les marches et contre-marches de l'ennemi. Quant au renard africain, qui est moitié plus petit que celui de France, notre chasseur n'en parle que pour mémoire. C'est un animal assez inoffensif et non un déprédateur redoutable comme le nôtre, dépeuplant à tour de rôle et garennes et basses-cours. Sa nourriture la plus habituelle se compose d'oiseaux, de mulots, de rats et de petits reptiles. Nous supposons bien, quoique l'auteur n'en dise rien, qu'il ne doit pas être tout à fait indifférent, dans l'occasion, au fumet parfumé de la caille ou de la perdrix rouge ; mais ce gibier est si commun en Afrique, que le renard n'y fait pas de vides sensibles, et que le chasseur n'a pas encore songé conséquemment à mettre sa tête à prix comme chez nous.

Trois animaux bien différents entre eux par la taille, la physionomie et les habitudes figurent dans le septième chapitre. Ce sont le *Cerf*, l'*Antilope* et la *Gazelle*.

Le cerf d'Afrique, dont on peut voir, du reste, au Jardin des

Plantes à Paris, plusieurs individus vivants, offerts par M. le général Rangon à la collection de la Ménagerie, est un peu moins grand que le cerf de nos forêts; il se rapproche, comme taille, du cerf trapu de nos pays de montagnes. L'auteur dit que son pelage est plus fauve et plus rude. C'est là une nuance qu'il est difficile de signaler comme un caractère distinct, les différences de climat, de pays, de gagnages, peut-être même les croisements de races, produisant aussi chez nous, dans le pelage de ces animaux, des variétés très-tranchées. Un fait plus digne de remarque, c'est que le cerf ne se rencontre en Algérie que dans la province de Constantine et dans trois cercles à l'est de cette province, ceux de Bone, de Tebessa et de la Calle. Notre confrère pense que dans le cercle de Tebessa, où se trouve une vaste forêt de pins, autre forêt de Bondy, appelée le *Bois des Voleurs*, et qui présente un bon courre, on pourrait essayer, avec quelque chance de succès, d'établir un équipage de cerfs. Allons, messieurs les veneurs français, voilà une occasion digne de vous, une épreuve honorable à tenter. Ce n'est pas là un déplacement impossible. Recrutez quelques bons chiens, attachez-vous, comme piqueur, un homme d'expérience ayant déjà fait ses preuves : tous les disciples de d'Yauville et de Salnove vous suivront de leurs vœux dans cette nouvelle croisade cynégétique. Ils applaudiront à vos succès, et le *Journal des Chasseurs*, qui les enregistrera le premier, vous promet à l'avance une fanfare spéciale.

L'antilope est un animal qui vit par troupes nombreuses, et qui, occupant les trois quarts de l'année les hauts plateaux situés au nord du Sahara, descend, aux premiers froids, dans la région des sables. Sa chasse n'est d'ordinaire qu'une espèce de antasia exécutée par une troupe de cavaliers bien montés, qui tantôt enveloppent un troupeau à l'aide de manœuvres habiles et le fusillent, tantôt le poussent à travers plaine vers une embuscade occupée par des tireurs cachés qui ne démasquent qu'au moment où les animaux leur arrivent à portée.

La gazelle, cette gracieuse miniature de l'antilope, fournit à l'auteur l'occasion de constater un fait des plus curieux et qui mérite, à coup sûr, d'être cité. Tandis que tous les animaux vivant à l'état sauvage, bêtes noires, carnassières ou fauves, même ceux dont se compose la famille du petit gibier, font ce que l'on appelle communément leur nuit, mettant l'ombre à profit pour chercher leur nourriture, et se reposant de préférence pendant le jour, la gazelle, par une exception bizarre à cette règle générale, se couche le soir avec le soleil et ne quitte sa reposée qu'à l'aube suivante pour aller au gagnage. Cette particularité est étrange, mais Jules Gérard l'a vérifiée. Il le dit, nous devons le croire sur parole.

Le huitième chapitre est intitulé le *Porc-Épic et le menu Gibier*. Les détails qu'il nous fournit sur les *Hatcheichia*, ces clubs ou sociétés de chasseurs d'origine kabyle exclusivement adonnés à la chasse du porc-épic, sont d'un intérêt réel, parce qu'ils nous révèlent des mœurs et des habitudes tout à fait inconnues. Peut-être désirerions-nous que la question du *menu gibier* eût été moins sacrifiée par l'auteur. Il nous semble — et les chasseurs au fusil et au chien d'arrêt, qui ne forment pas la classe la moins nombreuse et la moins intéressante de nos joyeux confrères, seront de notre avis — qu'elle comportait de plus longs développements. Maintes fois Jules Gérard nous a fait à nous-même, dans la conversation, à propos surtout du gibier d'eau qui peuple les lacs et les étangs de l'Algérie, des descriptions très-poétiques et qui auraient mérité de trouver place

ici. Mais cette lacune s'explique : les penchants favoris de l'é-
crivain, qui se trahissent non-seulement par ce qu'il écrit,
mais par ses actes, ne le portent pas vers la petite chasse. Ce
passe-temps, si cher à d'autres, moins ambitieux que lui, à ses
yeux n'a que peu de charmes ; il préfère la chasse aux chiens
courants à la chasse au chien d'arrêt, et encore, dans la première, ce qui lui plaît, ce qui le séduit, c'est moins le but, c'est-
à-dire l'hallali d'une pauvre bête aux abois, que la voix des
chiens, le galop des chevaux, l'animation des veneurs, le lan-
gage enivrant de la trompe.

Comme il le dit lui-même avec une sincérité naïve : « Au
paresseux, au sybarite, au chasseur efféminé, le soin de glaner
autour des villes et des camps ; au disciple de saint Hubert les
riches moissons, loin, bien loin, dans la montagne et dans la
plaine. » Si l'auteur complétait le fond de sa pensée, il ajoute-
rait : « Là seulement l'attendent des exploits dignes d'un
homme, car là seulement existe le lion. »

Dans le chapitre neuvième, la *Fauconnerie en Afrique*, l'auteur, on le sent à ses allures plus larges et plus franches, rentre
dans un élément qui lui est plus sympathique et qu'il juge plus
digne d'exercer sa plume. La figure d'Abdallah, l'oiseleur, est
touchée de main de maître. C'est un Rembrandt, un portrait
digne de l'auteur d'*Ivanhoë*, et l'épisode de chasse au faucon
que cet homme raconte froidement sous la tente, épisode où il
a joué un rôle si périlleux, est une étude très-remarquable des
mœurs encore un peu sauvages de l'Arabe. Sans avoir la prétention de faire un traité de fauconnerie complet, ce qui serait
une ambition grande après les ouvrages que nous ont légués
sur cet intéressant sujet les maîtres de la science, les d'Arcus-
sia, les Jean de Franchières, les Argote de Molina et autres,

Jules Gérard entre dans des détails suffisants pour faire appré-
cier au lecteur quels sont les principaux éléments d'un vol bien
organisé en Algérie. Il serait à désirer qu'il se rencontrât en
France quelque novateur hardi qui, s'aidant de ces renseignements, essayât de nous faire jouir un jour de ce spectacle, et
de fonder aux environs de Paris un club de fauconnerie. Le
succès de l'entreprise ne serait pas douteux, et égalerait bientôt, s'il ne le surpassait, celui de la société du Loo, en Hol-
lande.

Le chapitre dixième et dernier est le résumé et en quelque
sorte le complément du livre. L'auteur, dont nous savons désormais par cœur les vrais instincts en fait de chasse, revient,
malgré lui, en terminant, au sujet qu'il a traité dès son début.
Ce chapitre, qui fait le tiers du volume à peu près, et qui a
pour titre : *Un dernier Conseil. — La Chasse au Lion comme
elle se doit faire en Algérie*, est tout bonnement un chef-
d'œuvre. C'est le traité tout entier, cette fois, et le traité *ex
professo*, d'une chasse que personne n'a décrite avant l'auteur,
et que nul autre que lui n'avait le droit d'écrire. Nous ne connaissons pas, pour notre compte, en fait d'ouvrages de vénerie,
de lignes mieux inspirées que ces pages, où le *Tueur de Lions*,
fatigué du métier avant l'âge, s'adresse aux chasseurs ses confrères, pour leur demander un successeur, et donne complai-
samment à ce rival futur, quel qu'il soit, les conseils de sa
longue expérience. Non-seulement c'est merveilleux de clarté,
d'énergie, de concision, mais c'est admirable de simplicité et
de style. Nous n'avons jamais rien lu de mieux fait dans les auteurs anciens, à plus forte raison dans la cynégétique moderne.

Que dire des épisodes dont ces pages remarquables sont semées, et surtout du récit de cette dernière chasse au lion où la victoire est si cruellement achetée par la mort de l'un des compagnons de l'auteur, le brave mais imprudent Amar-ben-Sigha?... Ce sont là de ces émotions que nous n'avons jamais éprouvées, nous autres, pauvres chasseurs à l'eau de rose : l'hallali le plus sanglant, avec un solitaire aux soies hérissées, au boutoir écumant, dominant dix chiens éventrés sous lui, ne peut nous en donner une idée, et nous comprenons qu'il est difficile, pour ne pas dire impossible, d'y renoncer une fois qu'on les a goûtées.

Donc prenez-en gravement votre parti, ô Gérard ! notre maître à tous, misérables pygmées que nous sommes ! ne cherchez pas de remplaçant; ne vous bercez pas d'un espoir chimérique. Le professeur aura beau dévoiler sa science, il ne trouvera pas un adepte. L'auditoire restera sourd à l'appel éloquent que vous lui faites, parce que nul, pour vous remplacer, ne se sentira un cœur assez fort, n'aura un coup d'œil assez sûr, ne possédera enfin un bras assez ferme, ces trois conditions du succès. C'est un beau rôle que le vôtre. Triompher par le seul fait d'une volonté énergique du plus redoutable des animaux de la création, se mesurer sans crainte avec un adversaire en quelque sorte invincible, rassurer les tribus consternées, les affranchir de l'impôt quotidien de l'ennemi, leur dire : « Dormez en paix ; si le lion vient, je suis là et je veille ; » imposer à ces hommes émerveillés et reconnaissants le respect de ce nom Français qui, désormais, parle si haut à leurs yeux dans la personne d'un seul homme; vous faire, en un mot, l'Hercule moderne, l'heureux rival du vainqueur du lion de Némée, le demi-dieu auquel jadis l'antiquité eût élevé des autels, et que l'Arabe aujourd'hui adore à sa manière en embrassant à cha-

que nouveau succès le pan de votre burnous, en baisant hum-
blement la main qui le protége ; nous ne sachons pas qu'il y ait
au monde mission plus glorieuse et plus belle. Continuez donc
à la remplir dignement. Reprenez votre démission que personne n'accepterait, pas même vous, et allez jusqu'au bout
quand même, comme vous le dites si bien. Saint Hubert, qui
vous a miraculeusement protégé jusqu'à ce jour, vous conti-
nuera ses faveurs ; ayez foi en lui au moment du danger ; il
n'abandonnera jamais le plus fervent comme le plus illustre
de ses disciples.

Léon BERTRAND.

LA

CHASSE AU LION

CHAPITRE PREMIER.

LE LION, SON ÉDUCATION, SES MŒURS, SES HABITUDES.

Au mois de janvier 1848, je rencontrai à Paris Adulphe Delegorgue, le chasseur naturaliste, qui a passé sept ans de sa vie dans le sud de l'Afrique, au milieu des *Cafres* et des *Amazoulous*, se nourrissant de bifteacks d'hippopotames et de côtelettes de rhinocéros.

Je n'ai pas besoin de dire que cette rencontre fut une bonne fortune pour moi, et que, non content d'avoir lu les voyages de mon vaillant confrère, je

l'accablai de mille questions sur les chasses qu'il
avait faites, et surtout sur le lion du cap de Bonne-
Espérance.

Je fus tellement frappé du peu d'analogie qui
existe entre cet animal et celui de l'Algérie, que je
résolus dès lors d'écrire ce que j'avais pu remarquer
touchant les us et coutumes de ce dernier, pendant
plusieurs années de fréquents rapports avec lui.

Tout le monde sait que le lion appartient à l'espèce féline, et, chose singulière, les naturalistes les
plus éminents qui ont écrit sur cet animal l'ont traité
comme s'il vivait au grand jour, et aucun d'eux n'a
levé le voile de ses habitudes nocturnes.

Cette lacune fâcheuse et inexplicable, je ferai en
sorte de la remplir, en prenant le lion à sa naissance et en le suivant pas à pas jusqu'à sa mort;
trop heureux si les observations que j'ai recueillies
peuvent dissiper les idées fausses que j'ai entendu
maintes fois exprimer à son sujet en France et même
en Algérie, où les indigènes seuls connaissent les
habitudes du lion.

C'est ordinairement à la fin de janvier qu'a lieu
l'accouplement des lions et des lionnes. Le travail
de la dentition faisant mourir un grand nombre de
ces dernières, les mâles sont d'un tiers plus nombreux que les femelles.

Aussi n'est-il pas rare de rencontrer une de ces
dames accompagnée de trois ou quatre prétendants,

Ils essayèrent des prières.

se livrant, entre eux, des combats à outrance jusqu'à
ce qu'ennuyée de voir que ces galants ne parviennent
pas à s'étrangler pour elle, la lionne les mène vers
un grand vieux lion dont elle a apprécié la valeur en
l'entendant rugir.

Les amoureux en prennent bravement leur parti et
arrivent avec la lionne en présence du rival préféré.

Les pourpalers ne sont jamais longs et le résultat
de ces rencontres est toujours certain. Attaqué par
les trois imprudents, le vieux lion les reçoit sans
bouger; du premier coup de gueule, il étrangle celui-ci, du second il broie la jambe de celui-là, et le
troisième est bien heureux s'il s'en va avec un œil,
laissant l'autre au bout d'une des griffes du maître.

La place une fois libre, le noble animal secoue
bruyamment sa crinière, dont une partie s'envole au
gré du vent; puis il va se coucher près de la lionne,
qui, pour premier gage d'affection, lèche d'un air
câlin les blessures qu'il a reçues pour elle.

Lorsque deux lions adultes se rencontrent sur le
même terrain, les choses ne se passent pas ainsi.
Un Arabe, de la tribu de Kessenna, m'a raconté à
ce sujet un combat auquel il a assisté.

C'était à l'époque où les cerfs sont en rut. Mohammed, grand affûteur d'animaux de toute espèce,
était, par un beau clair de lune, perché sur un
chêne, attendant une biche qu'il avait vue rôder en
cet endroit en compagnie de plusieurs cerfs. L'ar-

2

bre sur lequel il s'était établi était planté au milieu
d'une vaste clairière et près d'un sentier.

Vers minuit, il vit arriver une lionne suivie d'un
lion fauve et à tous crins. La lionne quitta le sentier
et vint se coucher au pied du chêne ; le lion était
resté sur le chemin et paraissait écouter.

Mohammed entendit alors un rugissement lointain
et qu'il distinguait à peine ; aussitôt la lionne lui répondit. Le lion fauve se mit à rugir si fort, que le
chasseur épouvanté laissa tomber son fusil pour se
cramponner aux branches et ne pas tomber lui-même.

A mesure que l'animal qui s'était fait entendre
d'abord paraissait se rapprocher, la lionne rugissait
de plus belle, et le lion, furieux, allait et venait du
sentier à la lionne, comme s'il avait voulu lui imposer silence, et de la lionne au sentier, comme pour
dire : « Eh bien ! qu'il vienne, je l'attends. »

Une heure après, un lion noir comme un sanglier
apparaissait à l'extrémité de la clairière. La lionne
se leva pour aller à lui ; mais, devinant son intention,
le lion courut au-devant de son ennemi. Ils se rasè-
rent tous deux pour prendre leur élan, puis ils bon-
dirent en même temps l'un contre l'autre et roulèrent
ensemble sur l'herbe de la clairière pour ne plus se
relever.

La lutte fut longue et effrayante pour le témoin
involontaire de ce duel.

Tandis que les os craquaient sous les gueules puissantes des deux combattants, leurs griffes semaient la clairière de leurs entrailles, et des rugissements, tantôt sourds, tantôt éclatants, disaient leurs colères et leurs douleurs.

Au commencement de l'action, la lionne s'était couchée sur le ventre, et, jusqu'à la fin, elle témoigna avec le bout de sa queue le plaisir qu'elle éprouvait à la vue de ces deux lions s'égorgeant pour elle.

Quand tout fut dit, elle s'approcha prudemment des deux cadavres pour les flairer, puis elle s'éloigna sans daigner répondre à l'épithète un peu grossière, mais tout à fait de circonstance, que Mohammed ne put s'empêcher de lui jeter à défaut d'une balle.

Cet exemple de la fidélité conjugale de la lionne est applicable à toutes ses pareilles. Ce qu'elles recherchent d'abord, c'est un mâle adulte et fort qui les débarrasse des jeunes lions dont les combats continuels les ennuient ; mais dès qu'un lion plus fort se présente, il est toujours le bienvenu.

D'après ce que j'ai pu voir, soit par corps, soit par le pied, il n'en est pas de même du lion qui, à moins d'y être contraint, ne quitte jamais sa compagne et a pour elle une affection, des soins et des égards dignes d'un meilleur sort.

Depuis le moment où le couple léonin quitte son repaire jusqu'à sa rentrée, c'est toujours la lionne qui va devant. Lorsqu'il lui plaît de s'arrêter, le lion fait comme elle.

Arrivent-ils près d'un douar qui doit fournir le souper, la lionne se couche, tandis que son époux s'élance bravement au milieu du parc et lui apporte ce qu'il a trouvé de meilleur. Il la regarde manger avec un plaisir infini, tout en veillant à ce que rien ne puisse la déranger ni la troubler pendant son repas, et il ne pense à assouvir sa faim que lorsque sa compagne est repue. En un mot, il n'y a pas de tendresses qu'il n'ait pour elle pendant et après la saison des amours.

Quand la lionne sent qu'elle est sur le point de mettre bas (c'est-à-dire à la fin de décembre ou au commencement de janvier), elle cherche un ravin impénétrable et isolé pour y déposer sa progéniture.

Les portées varient d'un à trois, suivant l'âge et la force des lionnes; mais elles sont ordinairement de deux petits, un mâle et une femelle.

Durant les premiers jours qui suivent la naissance des lionceaux, la mère ne les quitte pas un seul instant, et le père pourvoit à tous ses besoins. Ce n'est que lorsque les enfants ont atteint l'âge de trois mois et passé la crise de dentition, mortelle pour un grand nombre de jeunes lionnes, que la mère les sèvre en s'éloignant chaque jour pendant quelques heures, et leur donnant de la chair de mouton soigneusement dépouillée et déchiquetée par petits morceaux.

Le lion, dont le caractère est très-grave quand il

devient adulte, n'aime pas à rester près de ses enfants, qui le fatiguent de leurs jeux. Afin d'être plus
tranquille, il se fait une demeure dans le voisinage
pour être à même de venir au secours de sa famille
en cas de besoin.

Les Arabes qui ont connaissance d'une portée de
lions, d'abord parce qu'ils ont vu la lionne prête à
mettre bas, ensuite parce que le bétail enlevé prend
chaque jour le même chemin, profitent du moment où la lionne sèvre ses petits pour les lui ravir.

A cet effet, ils se postent pendant des journées
entières sur un mamelon ou un arbre qui domine le
repaire, et, dès qu'ils voient la lionne s'éloigner,
sûrs que le mâle n'est pas auprès des lionceaux, ils
arrivent jusqu'à eux en se glissant à travers bois, les
enveloppent du pan de leurs burnous pour étouffer
leurs cris, et les portent à des cavaliers qui les attendent sur la lisière de la forêt pour partir ventre à
terre, les hommes en croupe et les lionceaux devant
eux. Cette manœuvre est dangereuse, et, entre autres exemples, je citerai le suivant :

Pendant le mois de mars de l'année 1840, une
lionne vint déposer ses petits dans un bois appelé
El-Guéla, situé dans la montagne de *Mezioun*, chez
les *Zerdezah*. Le chef du pays, *Zeïden*, fit un appel
à *Sedek-ben-Oumbark*, cheik de la tribu des *Beni-
Fourral*, son voisin, et, au jour convenu, trente
hommes de chacune de ces tribus se trouvaient

réunis sur le col du *Mezioun*, à la pointe du jour.

Ces soixante Arabes, après avoir entouré le buisson dans tous les sens, poussèrent plusieurs hourrahs, et ne voyant pas paraître la lionne, ils pénétrèrent sous bois et prirent deux jeunes lionceaux.

Ils se retiraient bruyamment, croyant n'avoir plus rien à craindre de la mère, lorsque le cheik Sedek, resté un peu en arrière, l'aperçut sortant du bois et se dirigeant droit vers lui.

Il se hâta d'appeler son neveu *Meçaoud* et son ami *Ali-ben-Braham,* qui accoururent à son secours. La lionne, au lieu d'attaquer le cheik, qui était à cheval, fondit sur son neveu, qui était à pied.

Celui-ci l'attendit bravement et ne pressa la détente qu'à bout portant.

L'amorce seule brûla.

Meçaoud jette alors son fusil et présente à la lionne son bras gauche enveloppé de son burnous.

Celle-ci le saisit et le broie; pendant ce temps, ce brave jeune homme, sans faire un pas en arrière, sans pousser une plainte, saisit un pistolet qu'il portait sous son burnous et force la lionne à lâcher prise en lui mettant deux balles dans le ventre.

Au même instant elle s'élance sur Ali-ben-Braham, qui lui envoie inutilement une balle dans la gueule; il est saisi aux deux épaules et terrassé; il a la main droite broyée, plusieurs côtes mises à nu, et ne doit son salut qu'à la mort de la lionne qui expire sur lui.

Ali-ben-Braham vit encore, mais il est estropié. Meçaoud est mort vingt-quatre jours après cette rencontre.

A l'âge de quatre à cinq mois, les lionceaux suivent leur mère la nuit jusqu'à la lisière du bois, où le lion leur apporte le dîner.

A six mois, par une nuit bien noire, toute la famille change de repaire, et, depuis cette époque jusqu'au moment où ils doivent se séparer de leurs parents, les petits voyagent constamment.

De huit mois à un an, les lionceaux commencent à attaquer les troupeaux de moutons ou de chèvres qui, pendant le jour, viennent dans le voisinage de leur demeure. Quelquefois ils s'en prennent aux bœufs; mais ils sont encore si maladroits, qu'il y a souvent dix blessés pour un mort, et que le père est obligé d'intervenir.

Ce n'est qu'à deux ans que les jeunes lions savent étrangler un cheval, un bœuf, un chameau, d'un seul coup de gueule à la gorge, et franchir les haies de deux mètres de haut qui sont réputées protéger les douars.

Cette période d'un an à deux ans est vraiment ruineuse pour les populations. En effet, la famille ne tue pas seulement pour se nourrir, mais encore pour apprendre à tuer. Il est facile de comprendre

ce que doit coûter un pareil apprentissage à ceux
qui en fournissent les éléments.

Mais, me dira-t-on, pourquoi les Arabes se lais-
sent-ils manger ainsi par les lions et ne les chassent-
ils pas? A cela je répondrai : Lisez le chapitre
suivant, et si jamais vous avez des troupeaux en Algérie, vous les parquerez derrière un mur de cinq
mètres, ou vous ferez comme les Arabes.

A la troisième année, les lionceaux quittent leurs
parents pour s'accoupler, et ceux-ci, afin de ne pas
rester seuls, les remplacent par une nouvelle famille.

Les lions ne sont adultes qu'à huit ans. A cet âge,
ils ont acquis toute leur force, et le mâle, d'un tiers
plus grand que la femelle, a toute sa crinière. Qu'on
ne juge pas des lions vivant à l'état sauvage par les
lions dégénérés que l'on voit dans les ménageries.

Ces derniers ont été pris à la mamelle et élevés
comme des lapins de choux, privés du lait de la
mère, de la vie au grand air, de la liberté, et enfin
d'une nourriture saine et abondante. De là ces formes
mesquines et grêles, ce regard malheureux, cette
maigreur maladive et cette crinière absente, qui leur
donnent un faux air de caniches et les ferait renier de
leurs pareils vivant à l'état de nature.

Il y a en Algérie trois espèces de lions : le lion
noir, le lion fauve et le lion gris, que les Arabes appellent *el adrea, el asfar, el zarzouri*.

Le lion noir, beaucoup plus rare que les deux au-

tres, est un peu moins grand, mais plus fort de la
tête, de l'encolure, des reins et des jambes. Le fond
de sa robe est de la couleur des chevaux bai brun
jusqu'à l'épaule, où commence une crinière noire,
longue et épaisse, qui lui donne un air peu rassurant.

La largeur de son front est d'une coudée, la lon-
gueur de son corps, depuis l'extrémité du nez jusqu'à
la naissance de la queue qui est d'un mètre, mesure
cinq coudées [1]. Le poids de son corps varie entre deux
cent soixante-quinze et trois cents kilos. Les Arabes
redoutent plus ce lion que les deux autres, et les Arabes ont raison.

Au lieu de voyager comme le lion fauve et le lion
gris, le lion noir s'établit dans un bon repaire et y
reste quelquefois trente ans. Il descend rarement
dans la plaine pour attaquer les douars ; mais, en revanche, il va attendre, le soir, les troupeaux de bœufs
au moment où ils quittent la montagne, et en tue
quatre ou cinq pour boire leur sang.

Dans la saison d'été, alors que les jours sont longs,
il quitte sa demeure au coucher du soleil, et va se
poster sur le bord d'un sentier qui traverse la montagne, pour attendre un cavalier ou un piéton attardé.

Je connais un Arabe qui, dans une rencontre pa-

---

[1] Les Arabes mesurent la coudée du coude à l'extrémité de la main ouverte.

reille, mit pied à terre, dessella et débrida sa mon-
ture, et partit, emportant sur sa tête le harnachement
du cheval, qui fut étranglé sous ses yeux. Mais les
choses ne se passent pas toujours ainsi, et cavaliers
ou piétons se tirent rarement d'affaire quand ils se
trouvent en présence d'un lion noir.

Le lion fauve et le lion gris ne diffèrent l'un de
l'autre que par la couleur de la crinière ; ils sont un
peu plus grands que le noir et moins trapus. A part
ce qui précède touchant ce dernier, tous ont le même
caractère et les mêmes habitudes.

L'existence du lion se divise en deux parties dis-
tinctes qui en font, en quelque sorte, deux animaux
différents, et ont fait naître mille erreurs sur son
compte : ces deux parties sont le jour et la nuit. Le
jour il a pour habitude de se retirer sous bois, loin
du bruit, pour digérer et dormir à son aise.

Parce qu'un homme s'est trouvé impunément dans
le jour, face à face avec un lion que les mouches ou
le soleil obligeaient à changer de demeure, ou que la
soif attirait près d'un ruisseau, sans se rendre compte
qu'à cette heure l'animal était à moitié endormi et
avait l'estomac et le ventre pleins, on a dit que le lion
n'attaquait pas l'homme. En effet, le lion ne tue pas
pour le plaisir de tuer ; mais il tue pour vivre et se
défendre quand on l'attaque.

Dans un pays comme l'Algérie, littéralement couvert de troupeaux, le lion n'est jamais à jeun pendant

le jour. Les indigènes, qui savent cela, ont soin de
rester chez eux à l'heure où le lion quitte son repaire,
et, s'ils sont obligés de voyager la nuit, ils ne vont
jamais seuls ou à pied.

Comme on le verra au chapitre de la chasse au lion,
lorsqu'un de ces carnassiers rencontre une troupe
d'hommes, il croit toujours avoir affaire à des maraudeurs et les suit pour avoir sa part dans la prise.

Quant à moi, je déclare que si j'ai remarqué de
l'indifférence dans la physionomie de quelques lions
que j'ai rencontrés le soir, je n'ai vu que des dispositions très-hostiles chez tous ceux qui se sont trouvés
sur mon chemin la nuit.

Je suis tellement sûr qu'un homme isolé est perdu
sans ressource s'il fait une pareille rencontre, que,
lorsque ma tente est établie dans la montagne, dès
que la nuit est arrivée, je ne m'en écarte jamais sans
prendre ma carabine.

Je connais un grand nombre d'exemples récents
d'Arabes qui ont été dévorés par le lion ; mais je ne
citerai que le suivant, parce qu'il est connu de tous
les indigènes de Constantine, et qu'il s'est accompli
dans des circonstances on ne peut plus dramatiques.

C'était quelques années avant l'occupation de cette
ville ; parmi les nombreux détenus dont les prisons
regorgeaient, se trouvaient deux condamnés à mort,
deux frères qui devaient être exécutés le lendemain.

Ces hommes étaient des coupe-jarrets de grandes

routes, dont on citait des traits de force et de courage surprenants. Le bey, craignant une évasion, ordonna qu'ils fussent entravés, c'est-à-dire qu'un pied de chacun d'eux fût enfermé dans le même anneau en fer rivé sur les chairs.

Tout le monde ignore comment les choses se passèrent, mais chacun sait que lorsque l'exécuteur se présenta, la prison était vide.

Après avoir fait de vains efforts pour ouvrir ou couper leur maudite entrave, les deux frères, qui étaient parvenus à s'évader, gagnèrent à travers champs afin d'éviter toute mauvaise rencontre.

Quand le jour vint, ils se cachèrent dans des rochers, et le soir ils continuèrent leur route.

Vers le milieu de la nuit, ils firent rencontre d'un lion.

Les deux voleurs commencèrent par lui jeter des pierres en criant de toutes leurs forces pour l'éloigner; mais l'animal s'était couché devant eux et ne bougeait pas.

Voyant que les injures et les menaces n'aboutissaient à rien, ils essayèrent des prières; mais le lion bondit sur eux, les terrassa, et se mit, séance tenante, à manger l'aîné à côté de son frère, qui fit le mort.

Quand il arriva à la jambe qui était retenue par l'entrave, le lion, sentant une résistance, la coupa au-dessus du genou.

Puis, soit qu'il fût repu, soit qu'il eût soif, il se

Le pauvre diable qui restait chercha autour de lui un refuge.

dirigea vers une source située près de là. Pensant que
le lion reviendrait dès qu'il aurait bu, le pauvre diable qui restait chercha autour de lui un refuge, et,
traînant après lui la jambe de son frère, il alla se
fourrer dans un silos qu'il eut le bonheur de rencontrer sur ses pas.

Peu de temps après il entendit le lion rugir de colère et plusieurs fois passer près du trou dans lequel
il s'était réfugié.

Enfin, le jour se fit et le lion s'éloigna.

Au moment où le malheureux sortait du silos, il
se trouva en présence de plusieurs cavaliers du bey
qui étaient sur ses traces. Un d'eux le mit en croupe,
et il fut ramené à Constantine, où on l'incarcéra de
nouveau.

Le bey, ne voulant pas croire à l'événement raconté
par ses serviteurs, désira voir cet homme et le fit venir devant lui, toujours traînant la jambe de son frère.
Malgré sa réputation de cruauté, *Ahmed-Bey*, en le
voyant, ordonna que l'entrave fût brisée et lui fit
grâce de la vie.

Quoique doué de sens très-subtils, d'une force et
d'une souplesse à nulle autre pareilles, le lion de
l'Algérie ne chasse point.

Seulement, s'il aperçoit de loin un ou plusieurs
sangliers, il va à pas de loup faire en sorte de les surprendre ; mais, dès qu'il est éventé ou entendu, les
bêtes noires détalent et le lion descend dans la plaine

chercher son souper dans un parc, ce qu'il trouve
infiniment plus commode et plus sûr.

J'ai vu quelquefois des compagnies de sangliers
vider une enceinte en plein jour quand un des leurs
avait été croqué; mais j'ai vu plus souvent encore
lion et sangliers habiter la même forêt sans s'occuper
les uns des autres.

Cela tient à ce que le lion a toutes facilités de
trouver sa nourriture chez les Arabes, sur lesquels
il prélève un impôt dix fois plus fort que celui qu'ils
payent à l'État.

J'ai étudié longtemps le rugissement du lion, et
je terminerai ce chapitre en faisant connaître les observations que j'ai recueillies à cet égard.

Quand un lion et une lionne sont ensemble, la
femelle rugit toujours la première et au moment où
elle quitte son repaire.

Le rugissement est un composé d'une douzaine de
sons qui commencent par des soupirs, vont *crescendo*
et finissent comme ils ont commencé, avec un in-
tervalle de quelques secondes entre chaque son.

Le lion alterne avec la lionne.

Ils vont ainsi rugissant de quart d'heure en quart
d'heure jusqu'au moment où ils approchent du
douar qu'ils veulent attaquer.

Dès qu'ils sont repus, ils recommencent jusqu'au
matin.

Le lion isolé rugit également à son lever, mais il

arrive souvent sans se taire jusque dans les douars.

En été, pendant les fortes chaleurs, le lion rugit moins et quelquefois point du tout. Mais, à l'époque des amours, il se dédommage largement du temps perdu.

Quelqu'un, entre autres sottes questions, me fit un jour celle-ci : « Pourquoi le lion rugit-il? « Je lui répondis : « Je crois que le rugissement est au lion ce que le chant est à l'oiseau. Si cette définition ne vous satisfait point, allez passer quelques années en sa compagnie, vous en trouverez peut-être une meilleure [1]. »

J'ai pensé que la statistique faite par moi sur les pertes que les lions font éprouver aux Arabes pourrait intéresser le lecteur et je la consigne à la fin de ce chapitre.

La durée de l'existence du lion est de trente à quarante ans. Il tue ou consomme une valeur annuelle de six mille francs en chevaux, mulets, bœufs, chameaux et moutons. En prenant la moyenne de sa vie, qui est de trente-cinq ans, chaque lion coûte aux Arabes deux cent dix mille francs.

Les trente lions qui se trouvent en ce moment dans la province de Constantine, et qui seront remplacés par d'autres venant de la régence de Tunis

---

[1] Les Arabes, dont la langue est riche en comparaisons, n'ont qu'un mot pour le rugissement du lion, ce mot est *rad*, tonnerre.

ou de Maroc, coûtent annuellement cent quatre-
vingt mille francs. Dans les contrées où je chasse
d'habitude, l'Arabe qui paye cinq francs d'impôt à
l'État paye cinquante francs au lion.

Les indigènes ont déboisé plus de la moitié de
l'Algérie pour éloigner ces animaux nuisibles.

L'autorité française, espérant mettre un terme à
ces incendies qui menacent les forêts et les bois
d'une destruction complète, inflige des amendes aux
Arabes qui brûlent.

Qu'arrive-t-il de cela? Les Arabes se cotisent pour
payer ces amendes et incendient comme par le passé.

Il en sera ainsi jusqu'à ce que le gouvernement
ait pris des mesures pour protéger les populations
d'une manière efficace, comme cela se pratique en
France pour les loups, qui sont loin pourtant d'être
aussi nuisibles que les lions.

Les traits les plus saillants du caractère du lion
sont la paresse, l'impassibilité et l'audace. Quant à
sa magnanimité, je dirai comme le proverbe arabe :
« Quand tu pars pour un voyage, ne sois pas seul,
et arme-toi comme si tu devais rencontrer le lion. »

CHAPITRE II.

Les Arabes, ayant beaucoup à souffrir des ravages que les lions font dans leurs troupeaux, ont dû prendre des mesures pour les protéger.

Depuis que l'expérience leur a démontré que le fusil seul était un moyen de destruction plus dangereux pour l'homme que pour le lion, ils opposent la ruse à l'audace de cet animal, qu'une trop grande confiance en sa force fait souvent tomber dans les piéges qui lui sont tendus.

Il est vrai que le fusil vient toujours au secours du piège ; mais ce n'est que lorsque le lion ne peut plus atteindre ses ennemis qu'ils l'accablent de balles et d'injures.

Avant de parler des tribus qui, de loin en loin, tuent un lion à leur corps défendant, et de la manière dont elles s'y prennent, je crois devoir faire

3

connaître les moyens de destruction qui ne font courir aucun danger à l'homme.

Je mettrai la fosse (*zoubia* chez les Arabes) en première ligne, parce que le plus grand nombre des dépouilles que les indigènes apportent sur nos marchés ont été dérobées ainsi.

Comme j'ai commencé cet ouvrage par un chapitre sur les mœurs et coutumes du lion, je n'en parlerai ici que brièvement, pour l'intelligence de ce qui
va suivre.

Afin d'éviter le voisinage des lions qui habitent en
tous temps les montagnes les plus boisées, les Arabes ont soin de s'en écarter avec leurs tentes et leurs
troupeaux, pendant les saisons du printemps, de l'été
et de l'automne.

Le lion ne se levant qu'au crépuscule du soir pour
chercher sa nourriture, il s'ensuit que, pendant ces
trois saisons où les nuits sont courtes, les douars établis à huit ou dix lieues des montagnes n'ont rien à
craindre de cet animal, qui a l'habitude de rentrer
dans son repaire à la pointe du jour.

Il est vrai que chaque tribu ayant son territoire
limité, il en est peu qui puissent s'éloigner autant;
alors les pertes sont subies par une seule fraction,
tandis que ses voisines dorment en paix.

Au commencement de l'hiver, il faut que les populations se rapprochent des montagnes, tant pour
abriter leurs troupeaux que pour faire provision de
bois.

C'est à cette époque que les lions, dont l'appétit est
aiguisé par le froid, font bombance aux dépens de tous.

Dans les contrées où cet animal nuisible se trouve
ordinairement, les Arabes, trop paresseux pour tra-
vailler eux-mêmes, font venir des Kabyles, qui, pour
une somme assez modique, creusent une fosse de dix
mètres de profondeur sur une largeur de quatre à
cinq mètres, en forme de puits et plus étroite à l'ori-
fice qu'à la base.

Cette fosse est toujours creusée sur l'emplacement
que le douar[1] doit occuper pendant la saison d'hiver.
Les tentes sont dressées en rond-point autour de la
fosse, de manière qu'elle se trouve en amont par
rapport au centre du douar.

L'enceinte ayant été entourée extérieurement
d'une haie de deux à trois mètres, formée avec des
arbres coupés à cet effet, la fosse se trouve cachée à
qui regarde du dehors.

Afin que les troupeaux ne tombent point dans la
fosse pendant la nuit, on a soin de l'entourer en aval
d'une seconde haie intérieure qui se relie aux tentes.
Le soir venu, les troupeaux sont parqués dans l'en-

---

[1] Réunion de tentes qui varie entre dix et trente.

ceinte, et les gardiens veillent à ce qu'ils se tiennent
en amont le plus près possible de la fosse.

Le lion, qui a l'habitude de franchir la haie d'a-
mont en aval pour sa plus grande commodité, arrive
près du douar, entend les cris, sent les émanations
du troupeau dont il n'est séparé que par quelques
mètres, il bondit et tombe en rugissant de colère
dans la fosse, où il sera insulté et mutilé, lui, l'em-
blème du courage et de la force, lui, dont la voix imposante faisait trembler la plaine et la montagne; il
mourra misérablement assassiné par des lâches, des
femmes et des enfants.

Au moment où il a franchi la haie et où le troupeau épouvanté a foulé aux pieds les gardiens endormis, tout le douar s'est levé en masse.

Les femmes poussent des cris de joie, les hommes brûlent de la poudre pour prévenir les douars
voisins; les enfants, les chiens, font un vacarme in-
fernal; c'est une joie qui approche du délire et à laquelle chacun prend une part égale, parce que chacun a des pertes particulières à venger.

Quelle que soit l'heure de la nuit, on ne dormira
plus.

Des feux sont allumés, les hommes égorgent des
moutons, les femmes préparent le couscoussou, on
fera ripaille jusqu'au jour.

Pendant ce temps, le lion, qui a fait d'abord quel-

ques bonds immenses pour sortir de la fosse, le lion,
dis-je, s'est résigné.

Il entend tout ce bruit, toutes ces voix ; il a compris qu'il est perdu, qu'il mourra là d'une mort honteuse et sans défense ; mais il recevra les injures et
les balles sans se plaindre et sans sourciller.

Avant la pointe du jour, les Arabes voisins, prévenus par les coups de fusil, sont arrivés en foule,
de peur de perdre quelque chose du spectacle auquel
ils sont conviés.

Ceux-là aussi amènent leurs femmes, leurs enfants
et leurs chiens.

Il est si bon de voir souffrir un ennemi dont on
n'a plus rien à craindre et qu'on peut insulter et
frapper impunément !

Ce qu'il y a de remarquable dans ces circonstances, c'est que les femmes et les enfants, mais surtout
les femmes, sont toujours les plus acharnés et les
plus cruels.

Est-ce chez les femmes arabes le propre de la sauvagerie ou le sentiment de leur faiblesse ? c'est ce que
je ne saurais dire. Mais j'aime à croire qu'il n'en
serait point ainsi des femmes françaises, et j'espère
qu'il s'en trouverait parmi elles qui demanderaient
la grâce du lion, ne serait-ce que pour le voir attaquer à sa sortie de la fosse, mais alors franchement,
loyalement et en face.

Cependant le jour si impatiemment attendu vient

de se faire, et les plus hardis enlèvent la haie qui
entoure la fosse, pour voir le lion de plus près et juger de son sexe et de sa force.

Comme le mal qu'il a fait est en raison de sa
puissance, il doit être traité conséquemment.

Si c'est une lionne ou un jeune lion, les premiers qui l'ont vu se retirent en faisant la moue,
pour faire place aux curieux dont l'enthousiasme est
déjà calmé en voyant la déception de ceux qui les ont
précédés.

Mais, si c'est un lion mâle, adulte et à tous crins,
alors ce sont des gestes frénétiques, des cris à l'ave-
nant ; la nouvelle court de bouche en bouche, et les
spectateurs qui sont sur le bord de la fosse n'ont
qu'à bien se tenir pour ne pas y être précipités par
la foule impatiente de voir à son tour.

Après que la curiosité générale a été satisfaite et
que chacun a jeté sa pierre et ses imprécations au
noble animal, les hommes arrivent armés de fusils
et tirent sur lui jusqu'à ce qu'il ne donne plus signe
de vie.

C'est ordinairement après qu'il a reçu une dizaine
de balles sans bouger, sans se plaindre, que le lion
lève majestueusement sa belle tête pour jeter un regard de mépris sur les Arabes qui lui ont envoyé
leurs dernières balles, et qu'il se couche pour mourir.

Longtemps après et lorsqu'on est bien sûr que

l'animal est mort, quelques hommes descendent
dans la fosse au moyen de cordes, et l'entourent d'un
filet assez solide pour supporter le poids du lion qui,
lorsqu'il est mâle et adulte, ne pèse pas moins de six
cents livres.

Des cordes sont fixées à un tour en bois consacré à
cet usage et planté en terre en dehors de la fosse, auquel s'attellent les hommes les plus vigoureux de
l'assemblée, afin de hisser le cadavre du lion et les
hommes qui sont descendus dans la fosse.

Après que cette opération, toujours très-longue,
est terminée, les mères de famille reçoivent chacune
un petit morceau du cœur de l'animal, qu'elles font
manger à leurs enfants mâles pour les rendre forts et
courageux.

Elles arrachent tout ce qu'elles peuvent de sa crinière pour en faire des amulettes qui ont la même
propriété ; puis, lorsque la dépouille a été enlevée et
la chair partagée, chaque famille rentre dans son
douar respectif, où, le soir, sous la tente, l'événement de cette journée sera longtemps encore l'histoire
favorite de tous.

———

Après la fosse vient l'affût ou *melbeda*, dont la véritable signification est le mot *cachette*.

Il y en a de deux sortes : l'affût sous terre et l'affût sur un arbre.

Pour le premier, on creuse un trou d'un mètre de profondeur sur trois ou quatre de largeur ; après l'a-voir recouvert de troncs d'arbres chargés de grosses pierres, on jette par dessus toute la terre déblayée, et on ménage d'un côté quatre ou cinq créneaux pour les tireurs, et de l'autre une ouverture qui sert de porte et que l'on ferme en dedans par un bloc de rocher.

Ces sortes d'affûts sont construits sur le bord d'un sentier habituellement fréquenté par le lion.

Comme il serait difficile d'ajuster l'animal quand il ne fait que passer, les Arabes ont l'habitude de placer un sanglier tué à cet effet, sur le sentier et en face des créneaux. C'est lorsque le lion s'arrête pour flairer l'appât que les hommes cachés dans l'affût font feu tous à la fois.

Il est rare que l'animal reste sur place ; le plus sou-vent, après avoir reçu plusieurs balles, il bondit dans la direction de l'affût, sur lequel il passe sans se douter que l'ennemi qu'il cherche est là, sous ses pieds ; puis, après avoir épuisé ses forces en bonds furieux dans tous les sens, il gagne le premier bois qui se trouve dans les environs.

Quelquefois les Arabes qui ont affûté le lion font appel à la tribu pour le suivre aux rougeurs et le tuer ; mais, comme, dans ce cas, il y a toujours mort d'homme, le plus souvent ils renoncent à le suivre et le laissent se guérir des blessures qu'il a reçues, ou mourir tranquillement dans son fort.

L'affût sur un arbre est construit de la même manière que le précédent, à l'exception des pierres et de la terre, qui sont remplacées par des branches pour cacher les tireurs.

On choisit un arbre assez élevé, placé près d'un chemin, et on s'établit dans le milieu.

Ces deux sortes d'affût sont ordinairement fixes et servent à plusieurs générations. Il arrive cependant quelquefois que, lorsqu'un lion a ravi soit un bœuf, soit un cheval, dans le voisinage d'un douar, les Arabes construisent à la hâte un *melbeda* pour tuer l'animal s'il revient pendant la nuit suivante.

Le plus souvent ils en sont pour leurs frais ; car le lion, friand de la chair des animaux qu'il vient d'égorger, se met en quête sur un autre point, laissant ses restes, en grand seigneur qu'il est, aux hyènes, aux chacals et aux vautours.

DES TRIBUS QUI CHASSENT LE LION.

Il y a dans la province de Constantine trois fractions de tribus qui tuent, à leur corps défendant, quelques-uns des lions qui viennent s'établir chez elles, sans que pour cela elles répondent aux prières

des autres fractions leurs voisines, lorsqu'elles sont
à leur tour décimées par un de ces animaux.

Ces fractions sont les *Ouled-Meloul*, établis chez
les *Haractah*; les *Ouled-Cessi*, de la tribu des *Se-
gnia*, et les *Chegatma*, fraction étrangère, établie
depuis environ quarante ans dans le cercle d'*Aïn-
Beïda*.

Comme l'action de tuer le lion n'est méritoire
qu'autant que celui qui l'attaque est exposé aux
dents et aux griffes de l'animal, et qu'à mes yeux
la manière dont les Ouled-Meloul et les Ouled-Cessi
se comportent, leur donne une grande supériorité
sur les Chegatma, je ne parlerai de ces derniers
qu'en seconde ligne.

Les Ouled-Meloul comptent environ quatre-
vingts fusils, et sont établis au pied du *Sid-Reghis*
et sur le versant sud du *Chepka*; les Ouled-Cessi,
qui ont à peu près le même nombre de combattants,
habitent en été la plaine de *Kercha* et les crêtes du
Guerioun, une des plus hautes montagnes du cercle de Constantine, dont elle est distante d'environ
douze lieues; en hiver, ils se rapprochent d'une
autre montagne qui a nom *Zerazer* et se trouve à
deux lieues au sud du Guerioun.

Excepté quelque lion voyageur qui prend la première de ces montagnes comme un gîte d'étape pour
continuer, la nuit suivante, sa route à travers les
plaines, le Guerioun n'en recèle que de loin en loin.

Il n'en est pas de même du Zerazer qui, tous les ans, alors que l'Aurès, le *Bouarif* et le *Fedjouj* sont couverts de neige, sert de refuge tantôt à un vieux lion devenu frileux, tantôt à une lionne qui cherche un bon quartier d'hiver pour ses lionceaux, et quelquefois à une famille entière.

Le Zerazer est une montagne peu boisée ; mais ses flancs et ses crêtes sont couverts d'énormes rochers dans les anfractuosités desquels les lions trouvent de bons repaires à l'abri de tous les vents.

Au pied de la montagne sont les douars des Ouled-Cessi et des troupeaux nombreux. Comme on le voit, il y a là toutes les conditions d'existence que peuvent désirer les émigrants ; aussi ceux qui y viennent n'ont-ils garde de s'en aller tant qu'ils aperçoivent de la neige sur les montagnes qu'ils ont abandonnées.

Quand l'arrivée d'un lion a été signalée soit par l'enlèvement de quelque bétail, soit par ses rugissements, la nouvelle en est portée de douar en douar, ce qui n'empêche pas qu'on se laisse manger la laine sur le dos pendant huit ou dix jours.

Ce n'est qu'après que le lion a fait éprouver des pertes sensibles et qu'il ne paraît pas disposé à quitter le pays, que l'on prend rendez-vous pour le chasser.

Ces sortes d'assemblées, auxquelles j'ai assisté plusieurs fois, sont pleines d'intérêt pour celui qui comprend la langue des indigènes et la gravité des motifs qui en font l'objet.

Au lieu d'un beau carrefour ombragé de chênes séculaires ou d'un pavillon de chasse, qui sont les rendez-vous habituels de nos veneurs et chasseurs de France, ici on se rallie sur un feu allumé au pied de la montagne.

Au lieu des beaux équipages, des uniformes brillants qui attirent les curieux et les importuns, on voit arriver modestement à pied, une cinquantaine d'hommes, dont les défroques réunies ne valent pas la livrée d'un valet de limier.

Chacun d'eux porte un fusil sur l'épaule, un pistolet et un yatagan à la ceinture, et vient prendre place autour du feu.

Une douzaine de chiens, au poil long et rude, à la physionomie rébarbative, rôdent autour des chasseurs, et passent le temps à s'entre-déchirer sans que leurs maîtres fassent rien pour les empêcher.

J'ai vu, dans une de ces réunions, un chien étranglé et dévoré par les autres, sans qu'un seul des Arabes présents ait daigné quitter la place qu'il occupait à l'assemblée ; il est vrai que c'était au moment du rapport et que les quêteurs avaient connaissance de deux lions mâles et adultes.

L'arrivée des hommes qui ont été chargés de faire le bois est d'un intérêt saisissant.

En effet, il ne s'agit pas ici d'un loup, d'un cerf ou

d'un sanglier, pauvres bêtes dont on a raison avec
une balle depuis que les veneurs ont fait place aux
sportsmen et le couteau de chasse à la carabine.

On aura affaire à un animal qui porte en lui la
force de quarante hommes, armé de griffes et de
dents dont tous les membres de l'assemblée ont pu
voir les effets et dont plusieurs ont senti les étreintes,
alors que criblé de balles et mourant, il s'acharnait,
malgré leurs efforts, sur le cadavre d'un parent ou
d'un ami.

Quoique les Arabes soient peu impressionnables,
il est facile en ce moment de juger la valeur de chacun d'eux et la manière dont il se comportera pendant l'action.

Je dois leur rendre cette justice, que, même parmi
les plus jeunes, et il y en a d'imberbes, on ne rencontre pas de fanfarons.

Cela tient, sans doute, à ce que chacun doit payer
de sa personne et que ceux qui en sont reconnus in-
capables sont exclus de l'assemblée et restent au
douar en butte aux plaisanteries des femmes, en attendant leurs malédictions, si, comme de coutume,
le lion ne succombe pas sans faire quelques victimes.

Dès que les hommes qui ont détourné l'animal ont
fait rapport des connaissances qu'ils ont pu avoir sur
son sexe, son âge et son repaire, en le jugeant par le
pied, on prend des mesures pour procéder à l'attaque.

A cet effet, les quêteurs se retirent à l'écart de

l'assemblée, avec quelques vieillards à barbe blanche qui plient sous le poids des années, et retrou-
vent, pour ce jour-là, toute l'énergie de leur jeu-
nesse.

Après un long conseil, dans lequel chacun donne
son avis sur le mode d'attaque qui lui paraît le meilleur, on prend, à l'unanimité, une décision dont
l'assemblée reçoit communication et qu'elle exécute
sans commentaires.

Les armes ayant été flambées et chargées avec le
plus grand soin, cinq ou six chasseurs, choisis
parmi les plus jeunes, sont envoyés sur les crêtes de
la montagne avec mission de suivre toutes les manœuvres du lion, depuis l'attaque jusqu'à la mort,
et de correspondre avec leurs frères au moyen de si-
gnes de convention, fort simples pour les indigènes
et curieux autant qu'incompréhensibles pour l'Européen qui n'en a point la clef.

Lorsque les guetteurs ont atteint les postes d'observation qu'ils doivent occuper, le reste de la troupe
se met en mouvement, précédé des quêteurs, et gra-
vit les pentes qui doivent le rapprocher du repaire
du lion.

Comme les lionnes, accompagnées de leurs lionceaux, et les jeunes lions ne se comportent pas de la
même manière que les lions adultes, et comme,
pour l'intelligence de ces chasses, il faudrait un récit
spécial de chacune d'elles, je supposerai qu'il a été

fait rapport d'un lion mâle et adulte, parce qu'il est
plus dangereux et plus difficile à tuer que les lions
plus jeunes et même que les lionnes suivies de leurs
lionceaux.

S'il est vrai qu'en vénerie un animal bien attaqué
est presque toujours pris, il est également vrai que
le succès de la journée dépend ici beaucoup de l'attaque.

Lorsque le valet de limier manœuvre pour rac-
courcir son enceinte, il n'a qu'une crainte, c'est celle
de la faire vider à l'animal qui a pris vent du trait.

L'homme qui travaille pour détourner un lion a,
comme on le pense bien, mille raisons péremptoires
pour éviter le rocher ou l'arbre sous lequel sa bête
est sur le ventre ; aussi est-il bien rare qu'il puisse
le rembûcher d'une manière certaine.

Les chasseurs étant arrivés à une portée de fusil
du repaire supposé, le tournent en amont en obser-
vant le plus grand silence et s'arrêtent lorsqu'ils
croient le dominer.

Comme le sens de l'ouïe est très-subtil chez le
lion, il arrive quelquefois qu'il entend les pas des
chasseurs ou une pierre qui a roulé, et alors il se
lève et marche dans la direction du bruit.

Si l'un des guetteurs l'aperçoit, il prend le pan
de son burnous dans la main droite et le fait tourner
devant lui, ce qui signifie : *Je le vois.*

Un des chasseurs sort du groupe, se met aussitôt

en rapport avec cet homme en agitant son burnous
de droite à gauche, ce qui veut dire : *Où est-il?* et *Que
fait-il ?*

Si le lion est immobile, le guetteur ramasse les
deux pans de son burnous dans la main, il les élève
à la hauteur de sa tête, puis il les laisse tomber et
marche quelques pas devant lui en répétant le même
signe, qui se traduit par : *Il est immobile devant vous
et à quelque distance.*

Si le lion marche à droite ou à gauche, il marche
lui-même dans la direction du lion en agitant son burnous, soit de gauche à droite, soit de droite à gauche.

Si enfin l'animal se dirige vers les chasseurs, le
guetteur leur fait face et agite violemment son burnous de bas en haut en criant de toutes ses forces :
Aou likoum ! « *Prenez garde à vous !* »

A ce signal, les chasseurs se forment en bataille
sur un rang, et, s'ils le peuvent, ils s'adossent à un
rocher de manière à ne pas être tournés.

Malheur à celui qui n'aura pas entendu à temps
le cri du guetteur et sera resté à quelque distance
de ses camarades !

Dès que le lion l'aperçoit, il bondit vers lui, et
quelle que soit la contenance de cet homme en se
voyant chargé, soit qu'il tourne les talons pour
gagner un arbre ou un rocher, soit qu'il attende
de pied ferme et fasse feu à bout portant, de toute
façon c'est un homme mort, à moins que, par un

Le lion passe majestueusement devant eux

hasard providentiel, l'animal ne soit tué roide.

Comme on le voit, la tactique est on ne peut plus simple : il s'agit seulement d'opposer au lion autant de fusils qu'il a de dents et de griffes ; mais, pour que la partie soit égale, il faut que ces fusils se protégent mutuellement, qu'ils ne se désunissent jamais et que chaque combattant soit inaccessible à la crainte et d'avance prêt à faire le sacrifice de sa vie pour protéger celle de son voisin.

Quand les chasseurs ont pu se réunir avant l'attaque et s'adosser à un rocher, le lion passe majestueusement devant eux, espérant que sa présence portera le trouble dans les rangs, et, dans ce cas, il fond bravement sur la troupe ébranlée, qui est mise en déroute, laissant un ou deux des siens au pouvoir de l'ennemi.

Si personne ne bouge et si le lion ne voit point d'hésitation parmi les chasseurs, il passe en murmurant de sourdes menaces à vingt ou trente pas des fusils braqués sur lui. C'est là le moment décisif : au commandement de l'un des anciens de la troupe, chacun fait feu de son mieux et jette son fusil pour s'armer du pistolet ou du yatagan.

Pour les chasseurs européens, il paraîtra étonnant que trente coups de feu tirés à vingt pas sur un animal qui présente le flanc ne suffisent pas toujours pour le tuer sur place. C'est pourtant ce qui arrive six fois sur dix.

4

La vie est si difficile à arracher du corps du lion, que, quel que soit le nombre des balles qui l'auront touché, il ne mourra pas encore si le cœur ou le cerveau n'ont pas été atteints.

Cependant, s'il a été renversé par cette grêle de balles, avant qu'il ait pu se relever, tous les chasseurs sont sur lui, les uns armés de pistolets, les autres d'armes blanches, tirant, frappant à l'envi les uns des autres, et finissant presque toujours par laisser quelques lambeaux de chair dans les griffes de l'animal expirant.

Ce qu'il y a de remarquable chez le lion, c'est que, plus il est près de mourir, plus il est dangereux.

Ainsi, lorsque pendant l'action, mais avant qu'il soit blessé, il peut atteindre un des chasseurs, il se contente de le renverser comme un obstacle, et l'homme, s'il est couvert de bons burnous, en est souvent quitte pour quelques coups de griffes sans gravité.

A-t-il déjà reçu une ou plusieurs balles, il tue ou déchire celui qu'il a pu saisir, souvent même il le prend dans sa gueule et le porte en le secouant jusqu'au moment où il aperçoit d'autres chasseurs sur lesquels il se jette à leur tour.

Mais lorsque, grièvement atteint, blessé à mort, par exemple, il peut s'emparer d'un homme, il l'attire sous lui en l'étreignant de ses griffes puis-

C'est ordinairement un parent de la victime qui se dévoue.

RIAULT

G. Doré

santes, et, après avoir placé sous ses yeux la figure
du chasseur malheureux, il semble, comme le chat
avec la souris, se réjouir de son agonie.

Tandis que ses ongles déchirent doucement les
chairs de la victime, ses yeux flamboyants sont fixés
sur ceux de l'homme, qui, fasciné par ce regard,
n'ose ni crier ni se plaindre. De temps en temps le
lion promène son énorme et rude langue sur la face
du moribond, puis il fronce ses lèvres à la manière
du chat, et lui montre ainsi toutes ses dents.

Cependant les parents ou les amis de l'infortuné
chasseur ont fait appel aux plus courageux de la
troupe, et ils s'avancent coude à coude, le fusil à
l'épaule et le doigt sur la détente, vers le lion, qui les
regarde venir et les attend.

Comme les balles dirigées contre le lion pourraient atteindre l'homme, il faut l'approcher assez
près pour le tirer à bout portant. C'est ordinairement un parent de la victime qui se dévoue en ce cas,
et toujours seul, laissant les autres chasseurs à une
vingtaine de pas en arrière.

Si le lion est à bout de forces, il broie la tête de
l'homme qu'il tient sous lui, au moment où il voit
le canon du fusil s'abaisser vers son oreille, puis il
ferme les yeux pour attendre la mort.

Si, au contraire, l'animal peut encore agir, il
s'empresse de tuer le chasseur en son pouvoir pour
bondir sur le téméraire qui ose venir à son secours.

Comme on le voit, le rôle de celui qui s'avance pour donner le coup de grâce est des plus périlleux ; car, le lion se tenant couché sur le corps du chasseur dans une immobilité complète, il est impossible de juger de son état et de ses intentions ; de sorte que, de même qu'on peut l'approcher impunément et lui mettre le bout du canon dans l'oreille, de même on peut, avant d'avoir le temps de faire feu, être terrassé et mis en pièces, malgré le renfort des fusils qui sont à quelques pas de là.

Les Arabes ont l'habitude de détacher un seul tireur en cette circonstance, parce que, lorsqu'ils ont fait autrement, il y a eu trouble, confusion, et, par suite, il est arrivé que des balles dirigées contre le lion ont atteint l'homme placé sous lui.

Quoique cet homme soit à l'état de cadavre quand on arrive, il est toujours pénible de constater qu'il a été atteint par les siens, et souvent on est tenté de croire qu'il aurait pu être sauvé s'il n'avait été frappé par ces balles égarées.

De là bien des regrets, et la décision sage et prudente de charger un seul chasseur de cette honorable mission.

Je dis honorable, parce que celui qui l'accomplit jusqu'au bout avec le courage et le sang-froid qu'elle réclame est à mes yeux un homme capable de faire les plus grandes choses sans faiblir.

Ce qui précède est pour le cas assez rare où les

cnasseurs réunis ont été prévenus de l'arrivée du lion par un des hommes qui le guettent.

Le plus souvent l'animal est sur le ventre dans un réduit toujours très-épais, où, s'il se remue en entendant du bruit, il échappe à la vue de tout le monde.

Il faut alors l'attaquer dans son fort et le prendre d'assaut, comme disent les Arabes.

Quelle que soit la hardiesse de ces hommes qui marchent si bravement à la mort, je dois dire que ce n'est qu'à la dernière extrémité et lorsqu'ils ne peuvent faire autrement qu'ils se décident à attaquer le lion dans son repaire.

Quand ils arrivent sur la lisière du bois où l'animal est rembuché, sans que les guetteurs aient pu le voir, ils poussent de grands cris dans lesquels se mêlent mille injures qui doivent, selon eux, décider le lion à se montrer.

S'il fait la sourde oreille, on le provoque plus directement en faisant siffler quelques balles dans sa direction.

Ces manœuvres durent quelquefois plusieurs heures, et, plus elles se prolongent, plus les chasseurs hésitent à attaquer. Ils savent par expérience qu'un lion qui reste sourd aux provocations et aux coups de fusil comprend tout ce que cela veut dire, qu'il a déjà été chassé, et que, par conséquent, il attendra ses ennemis au plus épais du fort pour fondre sur eux.

Il est facile de comprendre qu'une pareille perspective fasse naître quelque hésitation, surtout
parmi ceux qui déjà ont senti les étreintes du lion.

Pendant que les Arabes, les uns assis, les autres
debout, sur la lisière du bois, s'agitent et discutent
à grand bruit, j'invite le lecteur à pénétrer avec moi
dans le fort pour voir ce qui s'y passe.

Sous une voûte sombre, épaisse, formée par des
oliviers sauvages et des lentisques séculaires étroi-
tement serrés, l'animal s'est fait plusieurs chambres bien propres et bien commodes, pour les habiter selon le temps et la saison.

C'est là que, chaque matin, il rentre au petit jour
pour dormir et digérer à son aise la proie qu'il a dé-
vorée pendant la nuit.

Avant l'arrivée des chasseurs, le lion, couché à la
manière du chat, dormait profondément.

Au premier bruit qu'il a perçu, il a ouvert les
yeux sans lever la tête; à mesure que ce bruit est
devenu plus distinct, il s'est mis sur le ventre pour
écouter.

Au premier hourrah des chasseurs, il s'est levé
comme poussé par un ressort, et, après avoir secoué
bruyamment sa crinière, il a répondu par un rugissement terrible aux cris des imprudents qui ont osé
troubler le sommeil du maître.

Au premier coup de feu qui a retenti sous bois,
à la première balle qui a sifflé en ricochant dans

les branches voisines de sa demeure, le lion s'est
élancé furieux hors de sa chambre pour en explorer
les alentours.

Les criailleries, les injures, les menaces des Arabes arrivent-elles jusqu'à lui, il s'arrête pour écouter, en frissonnant de courroux et d'impatience.

Un mouvement nerveux qui parcourt tout son
corps exprime ce qu'éprouve le noble animal avant
la bataille.

Il se souvient qu'un jour, à pareille heure, son
sommeil fut troublé par les mêmes cris, et que,
trop impatient de corriger les insolents qui osaient
aborder son fort, il alla se heurter contre une grêle
de balles qui lui brûlèrent le corps.

Aussi, quelles que soient les menaces et les provocations qui lui sont adressées, il se maîtrisera
pour attendre le moment opportun.

Il tourne avec agitation autour de son repaire,
tantôt s'arrêtant pour écouter, tantôt se dressant sur
ses pieds de derrière contre un arbre qu'il enlace
de ses bras puissants et qu'il déchire des dents et
des griffes comme si c'était un ennemi vivant.

Voilà ce qui se passe sous bois pendant que les
chasseurs, sûrs désormais que le lion ne sortira
point, ont ouvert un conseil pour trancher la question de l'attaque ou de la retraite. Je me hâte de
dire qu'il est rare que l'assemblée soit dissoute sans
qu'il y ait au moins un assaut donné, ne serait-ce

que pour éviter les railleries des femmes et sauver l'honneur de l'expédition en présentant soit un mort, soit un blessé, ce qui suffit toujours pour justifier la défaite.

Dans ces sortes de conseils, les hommes d'un âge mûr se montrent toujours prudents, et les jeunes gens pleins d'ardeur et d'impatience.

Lorsque, au mois de février 1850, je fus appelé par les Ouled-Cessi pour chasser deux lions qui s'étaient établis chez eux, je recueillis un souvenir qui se rattache à ce qui précède, et que je suis heureux de consigner ici à la louange de ces braves gens.

Croyant chasser avec un Français qui tuait les lions tout seul, les hommes de cette fraction avaient convoqué le ban et l'arrière-ban, et personne ne manqua au rendez-vous.

Les lions étaient rembuchés dans un petit massif de lentisques dans lequel nous pouvions les entrevoir de temps en temps du lieu même de l'assemblée.

Quoique j'eusse résolu d'avance de ne pas accepter le concours des Ouled-Cessi dans l'attaque, j'étais bien aise que cette réunion eût lieu afin d'en tirer quelques connaissances, et surtout pour faire voir ce que peut la volonté d'un *chien de chrétien*.

Avant de les envoyer au poste d'observation que je devais leur désigner quand je voudrais être seul, je laissai le conseil s'ouvrir et les vieillards prendre la parole, comme si nous eussions dû agir de concert.

La discussion fut longue et surtout très-bruyante :
les anciens optaient pour que je marchasse le premier
à deux ou trois pas en avant de la troupe formée sur
un seul rang et coude à coude ; les jeunes gens, in-
dignés de cette proposition, voulaient marcher en
tête, me plaçant entre eux et les anciens, qui auraient formé une troupe de réserve en cas que les
lions fissent une trouée dans la première.

Je laissai la discussion s'échauffer pour voir quelle
serait la conclusion. Pendant qu'un jeune homme se
levait pour montrer son bras et sa jambe déchirés par
les griffes d'un lion qu'il n'avait pas tué, un autre
le dominait de la voix et du geste, et lui disait qu'il
ne montrait là que des égratignures, tandis que lui,
s'il osait, ferait voir à l'assemblée bien autre chose.

A ces mots : *si j'osais*, la discussion cessa comme
par enchantement, et jeunes et vieux passèrent d'une
gravité imposante à une hilarité folle, et tous de s'é-
crier :

— Il osera !
— Il n'osera pas !
— Il montrera !
— Il ne montrera pas !
— Sa femme l'a vu, mais l'assemblée ne le verra
pas !

Pendant que le pauvre diable, tout honteux, tout
ahuri, tournait et retournait au milieu du cercle sans
pouvoir en sortir, je remarquai près de moi un vieil-

lard et un jeune homme de quinze à seize ans qui
seuls ne prenaient point part à la joie de la réunion
et parlaient avec vivacité.

Au premier mot que je pus saisir de leur conversation, je compris que c'étaient le père et le fils.

— Mon enfant, disait le père, tu sais bien que je
n'ai plus que toi de garçon, que je me fais vieux, et
que, s'il t'arrivait malheur, j'en mourrais de chagrin.

— Ne suis-je donc pas un homme? répliqua l'enfant.

— Oui, tu es un homme, répondit le père en sou-
riant, et je suis fier de toi, mon sang! Mais ton frère
aussi était un homme, et cependant il s'est fait tuer
l'année dernière, ici, dans cette montagne, et j'étais
là, moi, son père, à côté de lui, et je n'ai rien pu pour
le sauver! Le lion est terrible, mon enfant, terrible
quand il charge; l'œil de l'homme se trouble en regardant ses yeux ; sa main tremble, parce que le cœur
bat trop vite, et le coup, s'il est certain, malgré le
trouble de l'œil et du cœur, le coup perce sans tuer,
car le lion porte bien des balles !

— Mais, mon père, puisque vous ne vouliez pas
que je brûlasse une amorce aujourd'hui, pourquoi
avez-vous consenti à m'amener jusqu'à l'assemblée,
d'où il est honteux pour moi de me retirer maintenant?

— Je t'ai permis de venir, d'abord, parce que je

ne savais pas que nous aurions au rapport deux lions
au lieu d'un, ce qui rend la journée doublement dangereuse ; ensuite parce que tu désirais depuis longtemps voir l'*homme aux lions*, et que je savais que la
tribu avait pris les armes à son intention. Tiens,
ajouta le vieillard, le voilà près de toi, regarde-
le à ton aise pour dire à ta mère et aux gens
du douar qui ne le connaissent pas comment il
est ; puis, quand tu l'auras assez vu, nous nous en
irons.

A ces mots : *nous nous en irons*, l'enfant répliqua
d'un ton délibéré : — Allez-vous-en si vous voulez,
mon père, mais moi, je reste ; car, s'il me voyait m'en
aller, il croirait que j'ai eu peur, et je veux lui faire
voir que je suis un enfant de Cessi.

Le père, voyant que la résolution de son fils était
inébranlable, essaya des grands moyens : — Écoute,
lui dit-il, depuis longtemps tu désires que je t'achète
une jument, eh bien, demain, je te promets que tu
l'auras.

— Que m'importe la jument, répondit le jeune
homme avec fierté, si, en me voyant passer, on dit :
Quel dommage qu'une si belle bête soit montée par
un cavalier si timide !

— Allons, ajouta le vieillard forcé dans ses derniers retranchements, avec la jument je te donnerai
la femme à laquelle tu prétends.

Cette promesse ébranla un instant la volonté du

jeune homme; mais son hésitation ne fut pas longue,
et, se levant avec une gravité superbe :

— Mon père, dit-il, vous savez que dans notre
pays, et surtout dans notre tribu, les femmes mépri-
sent celui qui n'est homme que par l'habit et pour
faire des enfants à sa ressemblance.

Si je suis de la tribu des Ouled-Cessi et votre fils,
il faut que celle que j'aime et qui doit être ma femme
estime celui qui sera tout pour elle, il faut qu'elle
soit fière de lui !

Mon père, voici mon dernier mot : si vous ne
me permettez pas de suivre la chasse aujourd'hui, si
vous m'obligez à passer pour un lâche aux yeux de
tous, non-seulement je refuse la jument et la femme,
mais encore je quitte votre tente et je m'en vais bien
loin pour cacher ma honte aux yeux des gens de ma
tribu.

Que ce soit le fait de l'éducation de ces hommes
à demi sauvages ou celui du milieu dans lequel ils
vivent, je pense que le lecteur trouvera, comme
moi, qu'il est beau de rencontrer chez un jeune
homme encore imberbe le courage dont je cite un
exemple entre mille, et qu'à l'occasion, dans une
chasse un peu sérieuse, il ne refuserait pas un pareil compagnon.

Je mis fin à cette scène pathétique en rassurant
le père sur les suites de la journée et en complimen-
tant le fils sur son courage. Puis je fis connaître à

l'assemblée la décision que j'avais prise, et j'invitai
le pauvre diable que les plaisanteries de ses camarades avaient si peu ménagé à rester près de moi
pour tenir ma seconde carabine et gagner un titre
de gloire qu'il n'aurait pas besoin d'exhiber en public.

A peine les Arabes venaient-ils de quitter le lieu
de l'assemblée pour gagner le poste d'observation
que je leur avais désigné, qu'un lion sortit du massif et se dirigea droit vers moi, le second le suivait
à cinquante pas.

J'étais assis sur un rocher qui dominait la position et auquel on parvenait par des gradins coupés
de crevasses.

L'Arabe était à côté de moi ; je pris ma carabine
Devisme et l'armai ; j'armai également la carabine
de réserve à un coup et la laissai entre les mains de
l'homme, après l'avoir rassuré et lui avoir recommandé de me la donner dès que j'aurais fait feu de
mes deux coups.

Le premier lion, ayant sauté sur les gradins infé-
rieurs du rocher, s'arrêta ; j'allais presser la détente
lorsqu'il se tourna vers son compagnon.

Ce mouvement me présenta si bien l'épaule droite,
que je n'hésitai pas.

Au coup de feu, il tomba en rugissant, fit un effort pour se relever et retomba. Il avait les deux
épaules brisées.

Le second était déjà au pied du rocher, la queue au vent, le verbe haut ; il reçut le premier coup un peu en arrière de l'épaule, à dix pas de son camarade ; il fléchit, se releva, et d'un bond immense tomba sur le rocher même où je me trouvais.

Prendre la carabine des mains de l'Arabe tremblant, ajuster le lion à la tempe, faire feu et le tuer sur place, à quatre pas, tout cela s'opéra par la protection de saint Hubert, mon patron, en moins de temps que je n'en mets à l'écrire.

Le coup de grâce fut donné au premier animal, et tout fut dit.

Et maintenant, sans plus ample digression, revenons à l'autre assemblée, que nous avons laissée discutant l'opportunité de l'attaque.

Après bien des paroles et des gestes qui n'ont abouti à rien, les anciens ont subi l'influence des jeunes, et il a été décidé que l'on attaquera sur-le-champ et comme on pourra.

Chacun se débarrasse de son burnous, qu'il pend à un arbre, de ses souliers, s'il en a, et la troupe entière, vêtue seulement d'une chemise qui descend aux genoux, s'en va en gambadant frapper à la brisée.

C'est là que le lion est rentré.

Il faut suivre, sans les perdre un instant, les empreintes de ses pas, afin d'avoir toujours l'animal devant soi.

Comme l'épaisseur du bois est telle que deux hom-

Tout cela s'opéra sous la protection de saint Hubert, mon patron.

mes ne peuvent marcher de front, c'est presque toujours un jeune écervelé, se trouvant pour la première
fois à pareille fête, qui prend la tête de la colonne,
quoi qu'on ait pu faire pour l'en empêcher.

Toutes les fois qu'ils rencontrent une petite clairière, les chasseurs en profitent pour se rallier, se
former en bataille, et ils appellent le lion au combat
en recommençant à lui prodiguer les épithètes les
plus injurieuses du vocabulaire musulman.

Le noble animal, pour mieux venger ces insultes
qu'on lui jette de loin, s'est retiré au plus épais du
fort, et il attend, couché sur le ventre, que le moment
d'agir soit venu.

La troupe se remet en marche, toujours guidée
par notre jeune homme, qui s'arrête tout à coup en
disant à ceux qui le suivent de près : — Ce lion n'est
pas seul, car voici les pas d'un autre lion qui me paraît plus grand que celui que nous suivons.

Aussitôt un des quêteurs s'avance et constate que
ces voies sont les mêmes, mais que le lion a quitté
sa reposée, qu'il est venu là depuis peu, et qu'il a
cherché un autre réduit. En effet, en cet endroit,
les voies se croisent, et il est difficile de les démêler ;
en voici une qui va à droite, en voilà une autre qui
va à gauche, laquelle des deux est la bonne?

C'est ce qu'il est impossible de juger, car l'une et
l'autre sont tellement fraîches, qu'on croirait que
l'animal était là quand les chasseurs sont arrivés.

Le cas est des plus graves, et on se retire vers la
clairière qu'on a laissée derrière soi, afin de pouvoir
se grouper et tenir conseil pendant que quelques
hommes veilleront.

Tout d'abord, les vieillards proposent la retraite,
s'engageant à faire venir le lendemain tel savant, tel
marabout, pour conjurer le lion et l'éloigner du
pays.

D'autres proposent d'allumer un feu à l'entrée du
bois pour appeler du renfort.

Cependant la majorité tient pour l'attaque et en
discute le mode. Vaut-il mieux suivre tous l'une des
deux voies ou se diviser en deux troupes?

Après avoir examiné les diverses chances des deux
manières d'agir, le conseil adopte la dernière, et tout
le monde se lève pour procéder à la formation des
deux corps d'attaque.

Cette opération est aussi curieuse qu'intelligente.

Au lieu de partager les combattants en nombre
égal et de mettre de pair dans chaque troupe les
hommes courageux et adroits, comme cela se ferait
chez nous, on se divise par douar, par tente et par
famille, de sorte que, s'il y a trente hommes présents, un groupe comptera vingt fusils, tandis que
l'autre n'en aura que la moitié, et ces dix fusils,
malgré l'infériorité du nombre et quelquefois du
courage individuel, seront néanmoins plus forts que
les vingt autres, parce qu'ils sont portés par des

frères, des cousins, en un mot, par des proches parents qui sont sûrs de leurs compagnons au moment du danger.   ·

Les deux troupes une fois formées se rendent ensemble à la bifurcation des voies où elles se séparent en se promettant un appui réciproque au premier cri, au premier coup de feu.

Chacune d'elles suit en silence les pas de l'animal, s'arrêtant de temps en temps pour se rallier et écouter.

Après avoir marché quelque temps, la troupe de droite rencontre un arbre dont le tronc est labouré par les griffes du lion.

Tous les hommes qui la composent s'arrêtent à la fois pour se communiquer leurs réflexions et peut-être pour donner le temps à la troupe de gauche d'attaquer si elle rencontre, ou de rallier si elle tombe à bout de voie.

Mais celle-ci va bravement son chemin et sans hésitation aucune; c'est qu'à sa tête marche un étranger qui vient de rejoindre, le fameux Abdallah, prévenu trop tard de la chasse, ce géant, toujours le premier à l'attaque, celui qui, lorsqu'un homme est terrassé par le lion, est toujours là pour le dégager ou le venger, celui qui, lorsqu'il y a défection ou panique, reste toujours à son poste, celui-là, enfin, que l'on a vu, après avoir fait feu de toutes ses armes et brisé la lame de son yatagan sur la tête d'un lion à l'agonie s'acharnant après l'un des siens, se ruer sans hésiter sur l'animal, l'enlacer de ses bras puissants, le mordre à pleines dents, se laisser déchirer, écharper, et tenir bon jusqu'au moment où l'animal reçut lui-même une balle dans l'oreille entre lui et le cadavre de son ami.

Puisque je raconte un épisode de chasse et que je cite un homme qui peut, à juste titre, passer pour le modèle du chevalier sans peur sinon sans reproche, que le lecteur me permette de lui faire connaître un trait de fierté de cet ami, pauvre comme Job, mais fier de ce qu'il vaut, de ce qu'il a fait et de ce qu'il se sent capable de faire.

C'était au mois de mai 1852; les troupes de la province de Constantine expéditionnaient en Kabylie sous les ordres du général de M... M... lorsqu'une insurrection éclata sur plusieurs points de la province.

Le général d'A... fut détaché de la colonne avec quelques bataillons, afin d'arrêter les progrès de l'insurrection et de châtier les tribus rebelles. Je fus attaché à ce général pour traiter, sous ses ordres, les affaires arabes pendant la durée de l'expédition.

Nous arrivâmes, après cinq jours de marche, au pied d'une montagne située chez les Haractah, qui a nom Sidi-Reghis et l'honneur d'être habitée par Abdallah le charbonnier.

Comme il était de bonne heure, le général, qui est

un des plus passionnés et des plus forts chasseurs que je connaisse, m'exprima le désir de tirer quelques coups de fusil autour de son bivac.

Je lui parlai d'Abdallah et lui demandai s'il lui serait agréable de l'avoir pour guide. A l'instant même, un cavalier fut envoyé dans la montagne et ramena notre homme armé de pied en cap.

Après les saluts d'usage, je lui demandai s'il y avait beaucoup de lièvres dans les environs. A cette question, il me regarda d'un air étonné, et, me tournant le dos, il s'en alla vers un groupe d'Arabes accroupis près de ma tente; puis il revint suivi de l'un d'eux.

— Voilà, me dit-il en me montrant le nouveau-venu avec un air de dédain superbe, voilà un homme à lièvres.

— Mais toi, lui dis-je un peu piqué de ce qu'il venait de faire, toi aussi, tu es du pays comme lui et tu dois savoir où il y en a?

— Moi, j'habite la montagne et le lièvre habite la plaine, me répondit-il franchement et sur le même ton.

— Tu sais donc, ajoutai-je, qu'il y a du lièvre dans cette plaine?

— Tout ce que je puis te dire, c'est que je n'y descends que la nuit, soit pour aller voir ma maîtresse, soit pour mettre un mouton de plus dans mon troupeau; et si je rencontre des bêtes sur mon chemin, assurément ce ne sont pas des lièvres.

Comme je tenais à le présenter au général et à le lui donner pour guide, je coupai court à cette conversation devant témoins et l'amenai sous ma tente.

Une fois là, nous parlâmes lion, et lorsqu'il me parut bien disposé, je lui fis part de ce que je désirais de lui. Je dois avouer qu'il n'y consentit qu'à regret, et que, pour ne pas compromettre sa réputation, il fit si bien que le chasseur, accoutumé à rentrer avec son porte-carnier chargé de gibier, revint bredouille ce jour-là.

Je n'ai pas revu Abdallah depuis cette époque; mais à la fin du mois de juillet dernier, en revenant d'une excursion dans le sud, je m'arrêtai un instant chez le cheik de sa fraction, et j'appris par lui que, dans le courant de l'hiver, Abdallah avait encore une fois sauvé la vie à un des siens qui, grâce à son secours, en était quitte pour une jambe de moins.

Mais pendant que nous nous occupons de lui et de ses prouesses, le chef de la troupe que nous avons laissée marchant d'assurance sur la voie du lion est arrivé au but.

Un rugissement terrible a retenti sous bois à quelques pas de lui.

— A terre! a répondu une voix digne de commander une armée; à terre! enfants de Cessi; souvenez-vous que vous êtes des hommes et que je suis avec vous!

Le lion, se voyant découvert, est tombé sur la troupe.

Aussitôt la troupe se resserre en se groupant comme elle peut autour de son chef, et attend, le fusil à l'épaule, que le lion fasse une trouée dans le fort pour venir à elle.

C'est un moment solennel que celui-là ! Les chasseurs et le lion ne sont séparés que par une distance de quelques pas à peine, et cependant ils ne se voient pas.

Le lion s'est rasé à la manière du chat, afin de mieux bondir et d'offrir moins de prise aux balles.

Les hommes sont assis, ou couchés, ou à genoux, tellement serrés les uns contre les autres, qu'il suffirait d'un burnous pour les couvrir.

Tout à coup un des chasseurs fait un signe de la main qui veut dire : Je le vois ! Son voisin suit la direction du doigt et confirme le signe du premier. Tous se pressent et se poussent pour voir à leur tour et faire feu tous à la fois.

Malheureusement il est trop tard ; le lion, se voyant découvert, est tombé sur la troupe, a broyé la tête de celui-ci, enlevé un œil à celui-là, déchiré l'épaule d'un troisième, puis d'un bond il a disparu sous bois aussi vite qu'il est venu, sans même donner le temps de brûler une amorce.

Alors ce sont des cris étourdissants, c'est un brouhaha à ne plus s'entendre ; chacun s'en prend à son voisin de ce qui vient d'arriver, et le malheureux qui a vu le lion le premier, s'il n'a été ni tué ni blessé,

est accablé d'injures, comme s'il avait dit au lion :
Venez, agissez, voilà l'instant.

Cependant, la troupe de droite n'a pu sans honte
rester plus longtemps éloignée de la chasse, et elle
arrive en se traînant.

On regarde, on compte : un mort et deux blessés.
C'est trop fort, cela ne peut se passer ainsi! Comment ! sans avoir brûlé une amorce! Allons, il faut
une revanche! Voyons, où est-il? Et on se monte, et
on s'échauffe au point de ne plus écouter la voix des
anciens.

Tout beau, mes compagnons, vous n'irez pas loin
pour le trouver, et, tenez, justement le voici qui
vient ou plutôt qui revient, car il charge.

Vous avez trop crié, vous lui avez porté sur les
nerfs, tant pis pour vous; la journée commence mal,
et, sans aucun doute, finira plus mal encore.

En effet, le lion irrité de tout ce bruit et alléché
par le sang qu'il vient de verser, revient en rugissant à travers bois, brisant, renversant tout ce qui
lui fait obstacle, et il fond, la tête haute et la gueule
béante, sur la ligne des chasseurs qui, cette fois, ne
sont pas surpris et lui envoient trente coups de fusil
à bout portant.

Le lion, criblé de balles, tombe au milieu de la
troupe, et saisit de la gueule et des griffes tout
ce qui se trouve à sa portée pour mordre et déchirer jusqu'au moment où il succombera à ses bles-

sures ou recevra encore une balle, le coup de grâce.

L'animal tué, on s'occupe de dégager les chasseurs qui sont sous lui, et on vérifie leur état ainsi que celui des premiers qui ont été atteints, total : deux morts et quatre blessés dont deux grièvement.

Chez nous, on regarderait la journée comme mauvaise, et l'on s'occuperait plus des morts et des blessés que du lion ; ici, c'est tout le contraire. Excepté les proches parents de ceux qui ont été victimes, personne ne fait attention à eux.

Après avoir traîné les blessés dans un coin et les avoir adossés contre une cépée à côté des morts, on détache un ou deux hommes qui vont au douar le plus voisin chercher des mulets pour les transporter. Puis, les couteaux sont tirés, et l'on commence sur-le-champ à enlever la dépouille de l'animal, en criant à tue-tête et en répétant cent fois les épisodes de la journée.

Dès que cette opération est terminée et que les moyens de transport sont arrivés, les chasseurs descendent tous ensemble dans la plaine d'après l'ordre suivant : en tête marche l'homme qui a donné le coup de grâce au lion, couvert de sa dépouille ; derrière lui, viennent trois mulets marchant de front et chargés :

Le premier, de deux blessés assis à califourchon ; le second et le troisième, des deux autres blessés

tenant chacun l'un des morts dans ses bras, assis
comme lui et devant lui à califourchon.

Le corps du lion, séparé par quartiers, marche au
centre du cortége, suspendu à des branches d'arbres
coupées à cet effet.

Arrivés au point où ils doivent se séparer pour
rentrer dans leurs douars respectifs, les chasseurs
sont reçus au milieu des cris de joie, des sanglots et
des trépignements, par une foule d'hommes, de
femmes et d'enfants accourus de tous côtés au-devant
d'eux.

Les hommes se mêlent à la troupe pour avoir des
détails sur l'événement de la journée ; les femmes
pleurent ou se réjouissent suivant que ceux qui leur
sont chers sont morts, blessés ou sains et saufs ; les
enfants entourent et suivent, malgré l'effroi qu'il leur
inspire, celui qui, couvert de la dépouille du lion,
parcourt l'assemblée en marchant sur les mains et
en rugissant. Puis, lorsque tout le monde est enroué
à force de parler, de hurler, de sangloter et de rugir, on se sépare pour recommencer à la première
occasion.

Voilà comment chassent, ou plutôt chassaient les
Ouled-Meloul et les Ouled-Cessi.

Je m'explique.

Avant la prise d'Alger, c'est-à-dire à l'époque où
l'Afrique, aujourd'hui française, était au pouvoir
des Turcs, les beys de Constantine donnaient à ces

deux fractions des titres qui les exemptaient de l'impôt et de toutes les autres charges pesant sur les autres tribus.

En outre de cela, ils leur payaient largement et selon ce qu'elles leur avaient coûté d'hommes, les dépouilles des lions qu'ils tuaient et qu'ils envoyaient au pacha d'Alger, lequel les offrait au grand sultan.

Depuis que nous occupons le pays, les chefs de ces deux fractions ont eu beau présenter à l'autorité française les titres qui les protégeaient précédemment, on les a traitées comme les autres tribus en les soumettant au payement des impôts, aux réquisitions et autres charges dont elles sont passibles.

Il y a plus encore : c'est que, lorsqu'il est arrivé que l'une ou l'autre de ces deux fractions a offert aux représentants du pouvoir en Algérie la dépouille d'un lion qu'elle avait tué, les administrateurs, ne voyant que la peau de la bête sans savoir ce qu'elle avait coûté à ceux qui l'apportaient, ont donné la prime dérisoire de cinquante francs, allouée, en pareil cas, par l'État, et ont dit aux chasseurs de disposer comme ils l'entendraient de la dépouille offerte.

Alors ceux-ci, blessés de se voir traités en marchands de peaux et appréciant mieux la valeur de leur sang, ont laissé la dépouille à la place où ils l'avaient déposée, et, sans dire un mot, sans faire un geste, ils sont rentrés fièrement sous leurs tentes pour mettre les fusils dans leurs fourreaux.

Ce n'est que de loin en loin, et lorsqu'ils ont personnellement beaucoup à souffrir du voisinage d'un lion, que les Ouled-Meloul et les Ouled-Cessi se décident à l'attaquer.

Il leur est arrivé plusieurs fois, depuis deux ou trois ans, de venir me chercher à Constantine, et lorsqu'ils ne me trouvaient pas, de laisser décimer leurs troupeaux pendant un mois entier plutôt que de prendre les armes.

Je n'approuve ni ne blâme ce qu'a fait l'autorité française à l'égard de ces deux fractions; mais je crois qu'il m'est permis, en écrivant un livre de chasse, de signaler au monde chasseur à qui je m'adresse, tout ce qui se rattache à ces hommes vraiment dignes de quelque sympathie.

Venons maintenant aux Chegatma, cette troisième fraction sur laquelle il n'y a pas grand'chose à dire, quoiqu'elle ait joui autrefois des mêmes priviléges que ses aînées.

Les Chegatma forment une petite fraction qui s'est détachée d'une tribu tunisienne portant ce nom : ils sont venus, il y a environ quarante ans, à la suite d'un bey de Tunis qui mit le siége devant Constantine, et se sont établis dans la montagne d'Hamama, chez les Haractah.

Lorsque le cheik de cette fraction fait un appel

aux armes, il peut réunir une centaine de fusils.

Les montagnes dans lesquelles ils chassent habituellement sont Hamama, Bou-Tokrema et Tafrent.

Les détails qui précèdent l'attaque sont les mêmes
chez les Chegatma que chez les Ouled-Cessi et les
Ouled-Meloul. C'est toujours un feu qui sert de
point de ralliement à l'assemblée, et ce feu est toujours allumé par les hommes qui ont fait le bois.

Lorsque l'animal est détourné et l'enceinte rac-
courcie prudemment, les chasseurs l'entourent sans
bruit et montent sur les pins ou les chênes dont les
trois montagnes désignées sont couvertes.

Tout le monde étant à son poste, on commence à
hurler de toutes parts, et, si le lion ne se montre
pas, on brûle alors quelques cartouches.

L'animal, accoutumé à avoir affaire à des hommes
et non à des écureuils, jugeant par les cris qu'il a
entendus autour de lui que les Arabes sont divisés,
quitte doucement son repaire, et se dirige, l'œil aux
aguets, l'oreille basse et frémissante, la queue ten-
due, vers certain braillard qu'il croit surprendre
isolé du reste de la bande.

Tout à coup, il entend là, tout près de lui, le bruit
que fait ordinairement un fusil qui rate; sans faire
un pas de plus, il se couche sur le ventre et sonde de
son regard perçant chaque broussaille, chaque pierre
susceptible de cacher un homme.

Au même instant, sa vue est obscurcie par un

nuage de fumée, ses oreilles sont assourdies par des
détonations et des cris qui se succèdent; son corps
frissonne, bondit et se tord, comme celui d'un ser-
pent, sous les balles qui le percent.

Tandis qu'il se heurte avec fureur contre les arbres de la futaie, les chasseurs, forts de leur position, lui prodiguent les injures et les balles jusqu'au
moment où, ayant aperçu l'un d'eux, le lion s'a-
charne contre l'arbre qui le dérobe à sa colère et au
pied duquel il se fait tuer.

Excepté le cas, assez rare, du reste, où un tireur
imprudent a choisi un poste peu élevé, c'est ainsi
que les Chegatma ont raison des lions qu'ils chassent, sans plus de difficulté.

Comme on a pu le voir par ce qui précède, cette
manière de combattre le lion est tout à fait dépourvue
d'intérêt; aussi les Chegatma sont-ils loin de jouir
de la popularité et de l'estime que les Ouled-Meloul
et les Ouled-Cessi ont su se concilier généralement.

CHAPITRE III.

CHASSE A LA PANTHÈRE.

La panthère se trouve dans les trois-provinces de l'Afrique française, entre le littoral et les hauts plateaux, mais plus près du littoral. Il y en a de deux espèces, pareilles quant au pelage, différentes quant à la taille.

La plus grande égale presque une lionne de deux ans. Sa sœur est d'un tiers plus petite. Cet animal chasseur a toutes les manières et toutes les ruses du chat; son caractère et ses habitudes diffèrent essentiellement de ceux du lion, auquel, en les voyant tous deux, on pourrait croire de prime abord qu'il ressemble.

Tandis que le lion se nourrit aux dépens des populations, la panthère vit du produit de ses chasses.

Le lion descend hardiment dans la plaine et va prendre, à la barbe des Arabes, un bœuf ou un cheval pour son souper.

La panthère craint de quitter le bois, même pendant la nuit, et, si elle n'a pu surprendre un sanglier, un chacal ou un lièvre, elle s'accommodera d'une perdrix ou d'un lapin.

La voix du lion ne peut être comparée qu'au tonnerre, celle de la panthère ressemble, à s'y tromper, au braire du mulet.

Ceci me rappelle un épisode de chasse durant lequel j'ai pu, comme on verra, étudier à mon aise le cri de cet animal et chercher son analogie avec celui des autres bêtes.

C'était le 16 juillet 1845. J'avais été appelé par les habitants de la Mahouna (cercle de Ghelma), pour les débarrasser d'une famille de lions qui avaient pris leurs quartiers d'été chez eux et abusaient des droits de l'hospitalité.

A mon arrivée dans le pays, je reçus tous les renseignements désirables sur les habitudes de ces hôtes importuns, et j'appris que toutes les nuits ils venaient se désaltérer dans l'Oued-Cherf.

Je me rendis immédiatement sur les bords de la rivière, où je trouvai, non-seulement les pas de ces messieurs sur le sable, mais encore leur sortie et leur rentrée habituelles.

La famille était nombreuse, elle se composait du père, de la mère et de trois enfants déjà majeurs.

J'étais auprès du ruisseau, au milieu d'une douzaine d'Arabes qui m'avaient accompagné.

La rentrée des lions était à quelques pas de là.

D'après les indigènes, c'était dans un fort impéné-trable, situé à mi-côte, que devait être le repaire de nos animaux.

Le vieux Taïeb, cheik de ce pays, vint à moi, me prit par le bras et me dit, en me montrant les nom-breuses traces imprimées sur le sable :

— Ils sont trop, allons-nous-en.

Déjà, à cette époque, j'avais passé plus de cent nuits seul et sans abri, à la belle étoile, tantôt assis au fond d'un ravin fréquenté par le lion, tantôt bat-tant les sentiers à peine tracés à travers bois.

J'avais rencontré des troupes de maraudeurs et des lions, et, avec l'aide de Dieu et de saint Hu-bert, je m'étais toujours et heureusement tiré d'af-faire.

Seulement l'expérience m'avait appris que deux balles suffisaient rarement pour tuer un lion adulte, et, chaque fois que j'entrais en campagne, je me sou-venais, malgré moi, de telle ou telle nuit que j'avais trouvée trop longue, soit parce que j'avais été sur-pris par la fièvre qui forçait ma main à trembler quand je lui commandais d'être ferme, soit parce qu'un orage survenu mal à propos m'avait empêché de voir quoi que ce fût autour de moi pendant des heures entières, et cela au moment où le rugissement du lion répondait aux roulements du tonnerre, si près de moi, que je regardais chaque éclair comme

une bonne fortune dont j'aurais payé la durée de la
moitié de mon sang.

Et cependant, cet isolement je le chérissais, je le
recherchais par esprit de nationalité, afin d'abaisser
l'orgueil haineux des Arabes, que j'étais heureux de
voir se courber devant un Français, non pas tant
pour les services qu'il leur rendait gratuitement et
au péril de ses jours, mais parce qu'il accomplissait
seul ce qu'ils n'osaient entreprendre en force.

Ainsi, non-seulement chaque lion qui tombait était
un sujet d'étonnement pour eux, mais encore ils ne
comprenaient pas comment un étranger pouvait
s'aventurer seul, la nuit, dans ces ravins que les
hommes du pays évitaient en plein jour.

Aux yeux des Arabes, braves à la guerre, braves
partout, excepté en présence du maître qui, disent-
ils, tient sa force de Dieu, le chasseur n'avait pas
besoin d'éveiller les douars de la montagne par une
détonation lointaine pour obtenir un triomphe.

Il lui suffisait de quitter la tente au crépuscule du
soir, et de rentrer sain et sauf à la pointe du jour.

On comprendra facilement que ce sentiment des
populations me fit une loi de marcher dans la voie
que je m'étais tracée, qu'il me fut même d'un grand
secours contre les émotions quelquefois trop fortes,
et, je ne crains pas de l'ajouter, contre les angoisses
de l'isolement, la nuit, dans un pays hérissé de périls
de toute sorte.

L'amour-propre national, qui m'avait fait entrer dans la carrière, une fois satisfait par des succès réitérés, j'aurais pu me faire accompagner par quelques hommes courageux et dévoués, dont la présence seule eût suffi pour rendre ma tâche plus facile; mais je m'étais passionné à un tel point pour ces excursions nocturnes, en tête-à-tête avec mon fusil, qu'il m'arrivait souvent, alors même que je n'avais aucun espoir de rencontrer le lion, de passer mes nuits sous bois, errant à l'aventure jusqu'au jour, lequel me surprenait bien loin de ma tente, harassé de fatigue, tombant de sommeil, mais heureux de l'emploi de mon temps, content de moi-même et prêt à recommencer le soir.

Je ne sais si un seul de mes lecteurs comprendra ce sentiment, car je doute que je l'eusse compris moi-même avant de l'avoir éprouvé.

Un de mes nombreux confrères en saint Hubert viendrait-il avec moi, du soir au matin, et pendant un mois, dans ces gorges sauvages qui semblent faites pour le lion; aurait-il le bonheur d'entendre cette voix du maître qui impose le silence et l'effroi à tous les êtres de la création; cet homme éprouverait certainement des émotions qui lui sont inconnues; mais la présence d'un de ses semblables à côté de lui ne lui permettrait pas de goûter et peut-être de comprendre ce qu'éprouve le chasseur complétement isolé.

6

En effet, depuis le moment où les premières étoiles se montrent au ciel jusqu'à la pointe du jour, celui-ci est obligé de se garder constamment, de percevoir et de distinguer chaque bruit, de juger promptement s'il ne prend point des pierres pour des maraudeurs ou des maraudeurs pour des pierres, de sonder du regard l'épaisseur du bois, le sentier sur lequel il marche; de s'arrêter pour écouter et s'assurer qu'il n'est point suivi; en un mot, de se rappeler qu'il est constamment en danger de mort, sans espoir de secours; par conséquent il se sent toujours ému, et cependant est toujours prêt à combattre avec le calme et le sang-froid qui ne sauvent pas toujours dans une lutte si inégale, mais sans lesquels il sait qu'il est perdu sans ressources.

Voilà quelles sont les causes qui ont fait naître en moi la passion de la chasse au lion, faite la nuit et seul.

Si, parmi les chasseurs pour lesquels j'ai écrit ces lignes, il s'en trouvait un qui désirât entrer dans la lice, afin de lui faire comprendre les jouissances qui peuvent dédommager des fatigues morales et physiques qu'éprouve nécessairement celui qui fait un pareil métier, à celui-là je dirais : La carrière est ouverte pour tous, entrez-y vaillamment!

Mais arrière les affûts couverts, les embuscades en usage chez les Arabes!

Arrière la chasse au soleil, seul ou en présence de gens qui vous empêcheront d'avoir peur!

Attendez la nuit, et, au premier rugissement du lion, partez; mais partez seul et à pied.

Si vous ne rencontrez pas l'animal, recommencez la nuit suivante si vous le pouvez, et puis l'autre, et puis encore l'autre, jusqu'à ce que votre expédition ait eu un dénoûment.

Si vous en revenez, ce que je désire vivement pour vous céder ma place, je vous promets, en retour de la tablature que vous aurez eue, d'abord une indifférence parfaite pour la mort, avec laquelle vous serez toujours prêt à faire alliance, quelle que soit la forme sous laquelle elle se présentera, ensuite l'estime, l'affection, la reconnaissance et plus encore, d'une multitude de gens qui sont et resteront hostiles à tous ceux de votre pays et de votre religion, et enfin des souvenirs qui rajeuniront votre vieillesse.

Si vous n'en revenez pas, ce dont je serais désolé et pour vous et pour moi, vous pouvez être sûr qu'à la place où les Arabes trouveront vos restes ils élèveront, non pas un mausolée, comme l'on dit chez nous, mais un monceau de pierres au faîte duquel ils placeront des pots cassés, de la ferraille, des boulets de canon, un tas de choses enfin qui, chez eux, tiennent lieu d'épitaphe et signifient : *Ici est mort un homme.*

Il est bon que vous sachiez que, chez les Arabes,

il ne suffit pas d'avoir des moustaches et de la barbe
au menton pour être un homme, et je puis vous assurer que cette simple épitaphe dit plus de choses
que bien des phrases élogieuses, et que, pour mon
compte personnel, je n'en désire pas d'autre.

Voilà ce que je dirais au chasseur que je ne cherche
point, mais que je serais heureux de rencontrer.

Cette digression un peu longue aura pour excuse
de servir de transition au récit interrompu et qui va
suivre.

Le vieux cheik insista beaucoup d'abord pour
me faire rentrer au douar, ensuite pour me laisser
quelques hommes qu'à leur mine je jugeai peu sou-
cieux de rester.

Je refusai ces deux propositions et l'engageai à se
retirer avec son monde; car la nuit approchait et
les lions pouvaient descendre d'un moment à l'autre.

Ce brave homme se rendit, bien à regret, à mon
invitation, et me demanda, avant de me quitter, la
permission de faire avec les siens la prière du soir
(*sallat el maghreb*), afin, dit-il, que Dieu veillât sur
moi durant cette nuit, où personne dans la montagne ne fermerait l'œil, et où grands et petits atten-
draient, le cœur serré, que mon fusil leur parlât.

Tant pis pour ceux qui ne croient pas; moi, je
crois fermement, et je le dis tout haut, au risque de
passer pour ridicule aux yeux des imbéciles qui
jouent le rôle d'athées, et de l'opinion desquels je

me soucie autant que de la poudre que je brûlais
aux moineaux quand j'avais douze ans.

Le spectacle de ces hommes, d'une religion diffé-
rente et hostile à la nôtre, priant pour un chrétien,
m'émut profondément, et je regrettai que les usages
et les rites du culte que je professe me fissent une
loi de ne m'associer que mentalement à cette prière
adressée au Dieu de tous les peuples, sous la futaie
et sur le terrain même où, dans quelques heures, le
drame devait avoir son dénoûment.

La prière terminée, le cheik vint à moi et me
dit :

— S'il plaît à Dieu d'écouter nos prières, et si tu
veux rassurer ceux qui t'aiment, après que tu auras
tué, allume le feu que je vais faire préparer par mes
hommes, afin que, lorsque nos oreilles auront entendu le signal du combat, nos yeux puissent voir
celui de la victoire, et je te promets que nous te ré-
pondrons.

Je me rendis volontiers au désir de Taïeb, et en
un instant un bûcher énorme fut élevé et si bien
préparé, qu'il suffisait d'une allumette pour y mettre
le feu. Pendant que les gens du cheik s'occupaien
de ces préparatifs avec une ardeur peu commune
chez les Arabes, qui sont la paresse incarnée, celui-
ci était resté près de moi et il me disait :

— Si je savais que tu ne te moques pas de moi, je
te donnerais un conseil.

— La parole d'un vieillard, lui répondis-je, est toujours respectée.

— Eh bien, écoute, mon enfant; si les lions viennent cette nuit, le seigneur à la grosse tête (les Arabes désignent ainsi le lion mâle et adulte) marchera le premier, ne t'inquiète pas des autres.

Les enfants sont déjà trop grands pour que leur mère s'occupe d'eux, et tous comptent sur le père.

Ainsi je te recommande le seigneur à la grosse tête.

Souviens-toi bien que, si ton heure est arrivée, ce sera lui qui te tuera et que les autres te mangeront.

Ses hommes l'ayant appelé en ce moment :

— Allez devant, leur cria-t-il, je vous suis.

Puis, après avoir jeté un regard scrutateur autour de nous comme s'il avait une confidence à me faire, il se pencha à mon oreille et me dit tout bas :

— Il m'a volé ma plus belle jument et dix bœufs.

— Qui t'a volé cela? lui dis-je sur le même ton.

— Lui, me répondit-il en me montrant du poing le versant de la montagne.

— Mais encore, ajoutai-je impatienté, nomme-moi ton voleur.

— Le seigneur à la grosse tête.

Ces derniers mots furent dits si bas, que je n'entendis que les dernières syllabes; mais je devinai le reste et ne pus m'empêcher de rire en me rappelant la recommandation.

Quelques minutes après, le cheik avait disparu
sous bois, et je me trouvai seul sur la berge de
l'Oued-Cherf, en présence des traces de cinq lions
qui étaient venus là la veille, du bûcher préparé en
leur honneur, et du repaire mystérieux sur lequel
les ombres de la nuit jetaient déjà un voile impéné-
trable que mon imagination se plaisait à déchirer
pour compter les griffes et les dents du seigneur à
la grosse tête et de la famille qu'il protégeait.

Cette gorge de la Mahouna, au fond de laquelle je
me trouvais, est bien la plus pittoresque et surtout la
plus sauvage qu'il soit possible de voir.

Qu'on se figure deux montagnes taillées presque
à pic, dont les versants sont coupés de ravins inextri-
cables et couverts de forêts de chênes-liéges, d'oliviers sauvages et de lentisques.

Entre ces deux montagnes, l'Oued-Cherf, dont le
lit, presque sec en été, est littéralement couvert des
voies d'animaux de toute espèce, et en hiver n'est
pas guéable à cause des mille affluents dont il est
grossi.

A voir cette gorge de loin, on la croirait inhabi-
table et, partant, inhabitée. Il s'est trouvé pourtant
quelques familles assez hardies pour s'y établir à
une époque où, le pouvoir les menaçant dans la
plaine, elles ont dû, pour sauver leurs têtes et leurs
biens, choisir une retraite sûre.

Malgré les ravages que les lions font dans leurs

troupeaux, ces familles indigènes n'ont jamais pensé à émigrer, et chacune d'elles, lorsqu'elle établit son budget annuel, dit : Tant pour le lion, tant pour l'État et tant pour nous. Et la part du lion est toujours dix fois plus forte que celle de l'État.

Les chemins de communication sur les versants des deux montagnes sont si étroits et si mauvais, que, dans bien des endroits, un homme à pied peut à peine y passer sans courir le risque de se rompre le cou.

Il en est de même pour les gués qui traversent l'Oued-Cherf et communiquent d'un versant à l'autre. Celui par lequel les lions étaient descendus dans la rivière, et que j'allais garder, était comme les autres étroit et encaissé.

A cet endroit, l'Oued-Cherf forme un coude qui borne la vue de tous côtés, de sorte que la place où je me trouvais est, comme le fond d'un entonnoir, tellement sombre, que ni le soleil ni la lune, cet autre soleil à moi, ne l'éclairent jamais.

Depuis cette nuit-là, j'en ai passé bien d'autres encore et dans des parages toujours mal fréquentés, cependant aucune d'elles ne m'a paru si courte.

Assis près d'un laurier-rose qui dominait le gué, je cherchais des yeux et de l'oreille le feu d'une tente, l'aboiement d'un chien dans la montagne, quelque chose, enfin, qui me dît : Tu n'es pas seul.

Mais tout était silence et obscurité autour de moi,

Il fond la tête haute et la gueule ensanglantée sur la ligne de chasseurs.

et, aussi loin que la vue et l'ouïe pouvaient chercher, rien des hommes.

J'étais bien en tête-à-tête avec mon fusil.

Cependant le temps avait marché, et la lune, que je n'espérais pas voir, tant mon horizon était borné, commençait à jeter autour de moi une espèce de demi-jour que j'accueillis avec gratitude.

Il pouvait être onze heures, et je finissais par m'étonner d'avoir attendu si longtemps, lorsqu'il me sembla entendre marcher sous bois.

Peu à peu le bruit devint plus distinct; c'était, à n'en pas douter, plusieurs grands animaux.

Bientôt j'aperçus sous la futaie plusieurs points lumineux d'une clarté rougeâtre et mobile qui s'avançaient vers moi.

Cette fois je reconnus sans peine la famille des lions, qui arrivaient par le sentier, marchant à la file vers le gué que j'occupais.

Au lieu de cinq, je n'en comptai que trois, et, lorsqu'ils s'arrêtèrent à quinze pas sur la berge de la rivière, il me sembla que celui qui marchait le premier, quoique d'une taille et d'une physionomie plus que respectables, ne devait pas être le seigneur à la grosse tête dont j'avais le signalement et que le cheik m'avait si chaudement recommandé.

Ils étaient là, tous les trois arrêtés et me regardant d'un air étonné; suivant mon plan d'attaque, j'ajustai le premier en pleine épaule et je fis feu.

Un rugissement douloureux et terrible répondit à
mon coup de fusil, et, dès que la fumée me permit de
voir, je distinguai deux lions rentrant sous bois à pas
lents, et le troisième qui, les deux épaules brisées,
revenait sur moi en se traînant sur le ventre.

Je compris tout de suite que le père et la mère
n'étaient point de la partie, ce que je ne regrettai pas
un seul instant.

Désormais rassuré sur les intentions de ceux que
la chute de leur frère avait éloignés, je ne m'occupai
plus que de lui.

Je venais de bourrer la poudre lorsque, par un effort qui lui fit pousser un long rugissement de douleur, il arriva à trois pas de moi pour me montrer
toutes ses dents ; une seconde balle le fit, comme la
première, rouler dans le lit du ruisseau : trois fois il
revint, et ce ne fut que la troisième balle qui, placée
à bout portant dans l'œil, l'étendit roide mort.

J'ai dit qu'au premier coup de feu le lion avait
poussé un rugissement de douleur ; au même instant
et comme si elle avait vu ce qui s'était passé, une
panthère se mit à crier de toutes ses forces sur la
rive gauche de l'Oued-Cherf.

Au second coup de feu, le lion ayant rugi comme
la première fois, le même cri se fit entendre et un
autre pareil lui répondit plus loin en aval du gué
que j'occupais.

En un mot, pendant toute la durée de ce drame,

trois ou quatre panthères, dont je ne soupçonnais
pas la présence dans ces parages et que je n'ai jamais
rencontrées ni entendues depuis, firent un baccha-
nal d'enfer en réjouissance de la mort d'un ennemi
qu'elles redoutaient.

Le lion que je venais de tuer était un animal d'environ trois ans, bien gras, bien dodu, et armé déjà
comme un ancien.

Après m'être assuré qu'il valait bien toute la poudre qu'il m'avait obligé de brûler, et que les Arabes,
en le voyant, le salueraient avec satisfaction et respect, je pensai au bûcher, qui ne tarda pas à éclairer
les deux versants de la montagne.

Une détonation lointaine me fut apportée par les
échos; c'était le signal de la victoire que le cheik
transmettait à tous les douars de la Mahouna, qui y
répondirent à leur tour.

A la pointe du jour, plus de deux cents Arabes,
hommes, femmes et enfants, arrivaient de tous côtés
pour contempler et insulter à leur aise l'ennemi
commun.

Le cheik vint un des premiers pour m'apprendre
que, pendant que je tuais ce lion, le seigneur à la
grosse tête, accompagné de sa moitié, lui avait enlevé encore un bœuf pour faire le réveillon.

Bien que la mort de cet ennemi du vieux Taïeb ne
se rattache pas directement à la chasse qui fait l'objet de ce chapitre, je crois que le lecteur ne me saura

pas mauvais gré si je raconte comment cet hôte in-
commode fut enfin mis à mort, au grand contente-
ment de ses voisins.

Depuis l'époque où se passe le précédent récit jusqu'au 13 août de l'année suivante, sans compter ses
autres méfaits, un habitant de la Mahouna, du nom
de Lakdar, avait perdu, par le fait de ce lion,
quarante-cinq moutons, une jument et vingt-neuf
bœufs.

A sa prière, je me rendis chez lui le 13 août au
soir; je passai quelques nuits à battre les environs
sans rencontrer l'animal. Le 26 au soir, Lakdar
me dit :

— Le taureau noir manque au troupeau, donc le
lion est revenu. Demain matin j'irai chercher ses
restes, et, si je les trouve, malheur à lui!

Le lendemain, à peine le soleil était-il levé, que
Lakdar était de retour.

En me réveillant, je le trouvai accroupi près de
moi, immobile. Son visage était rayonnant, ses burnous trempés de rosée; ses chiens, couchés à ses
pieds, étaient couverts de boue, car la nuit avait été
orageuse.

— Bonjour, frère, me dit-il, je l'ai trouvé, viens.

Sans lui faire aucune question, je pris mon fusil
et le suivis.

Après avoir traversé un grand bois d'oliviers sauvages, nous descendîmes dans un ravin où des ro-

chers entassés et des broussailles très-épaisses ren-
daient la marche fort difficile.

Arrivés au plus fort du fourré, nous nous trouvâmes en face du taureau.

Les cuisses et le poitrail avaient été dévorés, le
reste était intact, et le lion avait retourné le taureau
de façon que les parties mangées se trouvaient dessous. Je dis à Lakdar :

— Apporte-moi une galette et de l'eau tout de
suite, et que personne ne vienne ici avant demain.

Lorsqu'il m'eut apporté mon dîner, je m'installai
au pied d'un olivier sauvage, à trois pas du taureau.

Je coupai quelques branches pour me couvrir par
derrière et j'attendis.

J'attendis bien longtemps.

Vers les huit heures du soir, les faibles rayons
de la nouvelle lune qui se couchait à l'horizon éclai-
raient à peine le coin de terre où je me trouvais.

Appuyé contre le tronc de l'arbre et ne pouvant
distinguer que les objets qui se trouvaient près de
moi, j'écoutais seulement.

Une branche craque au loin, je me lève et prends
une position offensive commode : le coude appuyé
sur le genou gauche, le fusil à l'épaule et le doigt
sur la détente, j'attends un instant sans plus rien
entendre.

Enfin un rugissement sourd part à trente pas de
moi, puis se rapproche ; au rugissement succède une

espèce de roulement guttural, qui est chez le lion le signe de la faim.

Aussitôt l'animal se tait, et je ne l'aperçois que lorsque sa tête monstrueuse est sur les épaules du taureau.

Il commence à le lécher en me regardant, lorsqu'un lingot en fer le frappe à un pouce de l'œil gauche.

Il rugit, se lève sur ses pieds de derrière et reçoit un second lingot qui l'abat sur place. Atteint par ce second coup en pleine poitrine, il était étendu sur le dos et agitait ses énormes pattes.

Après avoir rechargé, je l'approche, et, le croyant presque mort, je lui envoie un coup de poignard au cœur; mais, par un mouvement involontaire, il pare le coup, et la lame se brise sur son avant-bras.

Je saute en arrière, et comme il relevait son énorme tête, je le frappe de deux autres coups de feu qui l'achèvent.

Ainsi finit le seigneur à la grosse tête.

Et maintenant revenons à la panthère.

J'ai dit au commencement de ce chapitre que cet animal vivait du produit de sa chasse; cependant quelquefois il tue un mouton ou un veau qui se sont aventurés sur la lisière du bois où il était en embuscade.

Les Ouled-Yagoub et les Beni-Oujenah de l'Aurès m'ont raconté que la panthère avait l'habitude, lorsqu'elle avait tué un mouton dans le voisinage d'une

futaie, de porter ses restes sur l'arbre le plus touffu
et le plus élevé, et de les placer entre deux branches
pour les préserver des hyènes, des chacals et autres
carnassiers.

La panthère habite les bancs de rochers, dans les
anfractuosités desquels elle peut trouver des abris,
et les ravins les plus boisés que la roideur des pentes
rend inaccessibles au lion, son ennemi redouté.

Elle fait une guerre acharnée aux porcs-épics qui
habitent les roches voisines de sa demeure.

Chacun sait que ces animaux ont tout le corps,
excepté la tête, qui est très-petite, couvert de piquants
longs, fermes et aigus, qui leur font une manière
de cuirasse.

Lorsqu'ils se voient ou se croient en danger, ces
piquants se hérissent, leur tête disparaît, et ils deviennent invulnérables.

Cette défense naturelle ne les protége pas contre
la panthère, dont la patience et l'adresse sont telles,
qu'elle attend l'animal pendant des nuits entières à
sa sortie, et que, du premier bond, rapide comme
une balle, elle atteint et arrache d'un coup de griffe
la tête du porc-épic avant qu'il ait pu voir son ennemi.

A l'époque où j'ai commencé à chasser les animaux
nuisibles, ne connaissant pas leurs habitudes, je procédais pour la panthère comme pour le lion.

Je ne tardai pas à m'apercevoir que je faisais fausse

route, et que si le lion, la nuit, attendait l'homme
ou venait à lui, la panthère le fuyait.

Entre autres exemples, je citerai celui-ci :

Pendant l'été de 1844, j'appris par les indigènes
qui habitent les environs de Nech-Meïa qu'un de
ces animaux de la grande espèce s'etait fixé dans un
banc de rochers connu dans le pays sous le nom
d'Ajar-Mounchar. Comme je me trouvais en déta-
chement à deux lieues à peine de l'endroit désigné,
je partis immédiatement.

Il pouvait être cinq heures du soir. Précédé d'un
homme du pays qui s'était offert pour me servir de
guide, j'arrivai au pied du rocher au moment où la
panthère rentrait dans sa demeure, portant dans sa
gueule un animal qui me parut être un raton.

J'aurais pu la tirer à cent mètres, mais je préfé-
rai la laisser se retirer tranquillement chez elle pour
l'attendre de plus près à sa sortie.

Après avoir dit à l'Arabe de m'amener à la pointe
du jour mon cheval, que j'avais laissé au douar, je
le renvoyai et m'approchai doucement de la caverne
dans laquelle ma bête avait disparu.

L'entrée était tellement étroite, que je ne m'expliquais pas comment cette panthère, qui était presque
de la taille d'une lionne, avait pu passer par là.

Si les traces qu'elle avait laissées sur le sol et
contre les parois ne m'avaient donné l'assurance
qu'elle y était, j'aurais craint de m'être trompé.

Un lentisque, qui se trouvait à environ dix pas sur la droite et en amont du rocher, me parut un poste commode, et je le choisis pour y passer la nuit.

Je me plaçai de manière à n'être aperçu par l'animal que lorsqu'il aurait fait quelques pas au dehors de sa demeure, et j'attendis.

Vers les dix heures, plusieurs éternuments répétés et bruyants se firent entendre derrière moi et de l'autre côté du lentisque. La lune n'étant pas encore levée, je craignis une surprise et ne pus résister à la tentation de voir ce qui se passait derrière moi et aussi près.

Dans le mouvement que je fis pour me retourner, mon fusil effleura une branche, j'entendis une espèce de soufflement comme celui du chat, puis le bruit d'un animal qui fuyait, et, lorsque je me levai à la hâte, j'aperçus la panthère rentrant dans le rocher.

J'attendis jusqu'au jour sans qu'elle osât sortir.

L'Arabe m'ayant amené mon cheval, je regagnai le camp en me promettant de revenir le soir.

Cette seconde nuit fut sans résultat comme la première.

La panthère mit deux ou trois fois le nez dehors, puis elle rentra d'effroi dès qu'elle s'aperçut qu'il y avait danger pour elle.

Je passai ainsi dix nuits consécutives sans jamais avoir occasion de la tirer.

7

Le onzième jour, un berger vint me dire qu'il avait vu, vers midi, la panthère buvant à une source située près du rocher.

J'allai reconnaître la source dont on m'avait parlé, et j'y trouvai, entre autres voies nombreuses, celles de ma bête, qui paraissait y venir tous les jours à l'heure où la forte chaleur fait rentrer les Arabes et leurs troupeaux dans les douars.

Cette source était couverte par un buisson épais dans lequel je pouvais me placer sans être vu et tirer l'animal à bout portant. C'est ce que je fis.

Vers midi, une compagnie de perdreaux rouges arriva pour se désaltérer.

Au moment où les premiers commençaient à boire, le coq ou la poule, je ne sais lequel des deux, se mit à rappeler avec inquiétude, et tous disparurent sous bois.

Au même instant j'entendis un léger frôlement dans les branches, et la panthère m'apparut, le cou tendu et la patte en l'air, dans la position du chien en arrêt.

Elle pouvait être à cinq ou six pas de moi et me présentait le flanc.

J'ajustai sans qu'elle me vît, entre l'œil et l'oreille, et je pressai la détente.

Elle tomba comme foudroyée et sans pousser un cri.

Cette pauvre bête était dans un état de maigreur

tel, que je me décidai à l'ouvrir à l'instant même
pour en rechercher la cause.

Elle n'avait pas mangé depuis le jour où elle avait
aperçu un homme et un fusil près de sa demeure.

Depuis cette rencontre, j'ai jugé la panthère un
animal rusé, souple, patient, mais inoffensif et timide.

Comme il est assez bien armé et doué d'une force
musculaire assez grande pour lutter avec avantage
contre l'homme, on ne peut attribuer sa couardise
qu'à un vice d'organisation inhérent à son espèce et
qui lui donne une grande ressemblance avec ces
hommes bâtis en Hercule, qui ont la force d'un cheval de trait et le courage de la femme qui se trouve
mal en voyant le feu prendre à sa cheminée.

A ce sujet, les Arabes ont une tradition assez curieuse et que je donne pour ce qu'elle vaut.

C'était à l'époque où les animaux parlaient ; on
voit que cela date de loin.

Une bande de vingt lions, venant du sud, arriva sur la lisière d'une forêt habitée par un grand
nombre de panthères, qui dépêchèrent un de leurs représentants afin de parlementer avec les rois chevelus.

Après bien des *si* et des *mais*, l'envoyé vint rendre compte du résultat de sa mission, dont le résumé
était que les lions trouvaient cette forêt à leur con-
venance et qu'ils allaient en prendre possession :
libre à ces dames d'essayer de la défendre ou de l'é-
vacuer sur-le-champ. Celles-ci, indignées, décidè-

rent qu'on se battrait et qu'on prendrait l'offensive.

La tradition ajoute qu'un seul rugissement, poussé par les vingt lions à la fois, suffit pour mettre les assaillantes en déroute, et que, depuis cette époque, la panthère grimpe sur les arbres comme le chat, ou se terre comme le renard, pour éviter la rencontre du maître qu'elle a osé provoquer et dont elle redoute la colère.

Les Arabes et les Kabyles ont peu à souffrir du voisinage de la panthère; aussi est-il rare qu'ils la chassent, et, lorsqu'ils le font, c'est en battue.

Les uns traquent, les autres se postent, et, à moins que l'animal ne se réfugie dans une caverne, il est toujours tué.

Toutefois, lorsqu'il est grièvement blessé et qu'on le suit aux rougeurs, il est bon de prendre garde à soi, parce qu'alors il joue des griffes et des dents comme tous ceux de son espèce.

Les indigènes ont un moyen très-ingénieux pour tuer la panthère sans danger ni peine, et presque toutes les dépouilles qui sont apportées sur nos marchés ont été obtenues par ce moyen.

Soit qu'il jette une brebis morte sur le passage habituel de l'animal, soit qu'il trouve les restes d'un sanglier ou d'une bête dont il s'est repu, celui qui convoite sa dépouille laisse la panthère y revenir plusieurs fois; puis, lorsqu'il ne reste plus que quelques débris pouvant suffire à son dernier repas, il les enlève, ne laissant qu'un morceau de chair de la grosseur du poing.

Cet appât est traversé par deux ou trois ficelles qui vont se fixer aux détentes d'autant de fusils braqués sur l'appât, au moyen de piquets plantés en terre et soigneusement couverts de broussailles, ainsi que les fusils. Cette opération terminée, l'homme va passer la nuit devant la porte de son gourbi ou de sa tente pour écouter.

A la pointe du jour, s'il a entendu la détonation de sa batterie, il revient et trouve la panthère morte aux environs de l'appât.

CHAPITRE IV.

L'HYÈNE.

Par une belle matinée du mois d'août 1844, je sortais à cheval du camp de Ghelma, et m'acheminais vers la montagne de la Mahouna, sur l'appel de ses habitants.

Après avoir marché environ une heure en rêvant aux chances de l'expédition que j'allais entreprendre, j'aperçus, venant vers moi, et sur le sentier que je suivais, un animal à tous crins, d'une physionomie repoussante, et qui semblait boiteux.

C'était une hyène que le jour avait surprise, et qui, honteuse et penaude, regagnait son fort ou son terrier clopin-clopant.

J'avais laissé mon fusil entre les mains de l'Arabe qui m'avait été délégué par les siens et était resté en arrière. N'ayant d'autre arme que mon sabre, je le tirai hors du fourreau et chargeai la bête.

Dès qu'elle me vit, elle se jeta en dehors du chemin et disparut sous les broussailles qui le bordaient. Je pus bientôt, sinon la joindre, du moins la revoir et la suivre jusqu'au pied d'un rocher où elle disparut.

Après avoir mis pied à terre et attaché mon cheval à un arbre, je m'avançai vers l'ouverture dans laquelle l'hyène était entrée, et je reconnus avec joie que c'était une ancienne carrière, si haute et si large, qu'il ne tenait qu'à moi de l'y suivre, les coudées franches et debout.

Deux minutes après, nous étions en présence, si près l'un de l'autre, que je sentais ses dents mordre et tirer la pointe de mon sabre; mais je ne voyais rien, à cause de la profondeur du trou.

Je me mis à genoux, je fermai les yeux un instant, et, lorsque je les ouvris, je distinguai assez bien la bête pour savoir où la frapper. J'eus d'abord quelque peine à retirer de sa gueule la pointe du sabre, qu'elle tenait à garder; puis, quand elle l'eut lâchée, je plongeai la lame en pleine poitrine jusqu'à la garde, tournant la main pour élargir les voies.

Une espèce de grognement sourd fut sa seule réponse, et, lorsque la lame sortit du corps, fumante et nauséabonde, l'animal était mort.

J'allais le prendre par une patte pour essayer de le tirer dehors, lorsque j'entendis un bruit de

voix à l'entrée de la carrière ; c'était mon Arabe,
accompagné de quelques moissonneurs qui m'a-
vaient vu chargeant l'hyène et mettant pied à
terre au pied du rocher.

Lorsqu'il vit la lame de mon sabre rougie du
sang de l'animal, mon guide me dit :

—Remercie le ciel, qui m'a fait rester en
arrière avec ton fusil, et ne te sers plus jamais de
ton sabre à la guerre, parce qu'il te trahirait.

Comme je ne paraissais pas comprendre le sens
de ses paroles, il ajouta :

— L'Arabe qui trouve une hyène dans son trou
prend une poignée de bouse de vache, et la lui
présente en disant : « Viens, que je te fasse belle
avec du henné [1]. » L'hyène tend la patte, l'Arabe
la saisit, la traîne dehors, puis il la bâillonne et
la fait lapider par les femmes et les enfants du
douar comme un animal lâche et immonde.

Sans prendre à la lettre ce que me disait mon
guide, je compris que j'avais commis une bévue
qu'il me faudrait réparer d'une manière éclatante,
pour imposer silence aux mauvaises langues dans
les tribus.

L'hyène se tient pendant le jour, tantôt dans
des ravins très-boisés et éloignés des douars, tan-

---

[1] Les Arabes ont l'habitude de teindre leurs ongles, ceux de leurs femmes,
ainsi que la crinière, la queue, le garrot et les jambes de leurs chevaux, avec une
teinture rouge qui est le henné.

tôt dans des terriers ou des anfractuosités de
rochers.

A la nuit, elle quitte sa demeure pour aller rôder
au milieu des cimetières arabes, qui ne sont jamais
défendus ni par des murs ni par des fossés ou des
haies.

Elle déterre les morts et mange jusqu'aux ossements ; lorsque la faim la pousse par trop et qu'elle
n'a rien trouvé ailleurs, elle vient jusque sous les
murs des camps et des villes pour y chercher une
bête morte ou quelques chairs en putréfaction.

Le seul animal vivant que l'hyène ose attaquer est
le chien.

Il est bon de dire que jamais un de ces animaux
ne marche seul. On les rencontre toujours deux ensemble. Quand ils veulent manger un chien, ils s'en
vont rôder tout exprès autour d'un douar qui se
trouve placé dans un pays couvert.

La femelle se poste derrière une broussaille et le
mâle va se faire voir aux chiens, qui le chargent à
outrance jusqu'au poste de sa moitié. Celle-ci se
montre au moment opportun, pour prendre, étrangler et dévorer, séance tenante, le chien qui s'acharnait le plus sur son époux.

Il arrive quelquefois que les Arabes interviennent
et assomment à coups de bâton les mangeuses de
chiens, qui, du reste, ne se livrent à ces exercices
que lorsqu'elles jeûnent depuis plusieurs jours.

Je profite de l'occasion pour relever une erreur généralement répandue en Algérie au sujet de cet animal.

Souvent, dans les villes et les camps, plus souvent encore au bivac, la nuit, on entend un cri rauque qui ressemble à celui d'un gros chien enroué, et tout le monde de dire : Entendez-vous l'hyène?

Ce cri est particulier au chacal, qui le fait entendre lorsqu'il est seul, et dans certains moments, comme on verra dans un chapitre suivant.

Quant à l'hyène, la peur l'empêche de crier; mais elle grogne comme le chien lorsqu'elle est au carnage, ou, à l'époque du rut, quand plusieurs mâles se disputent la possession d'une femelle.

Quoique les chiens courants donnent sur la voie de l'hyène avec la même fureur que sur celle du chacal, qu'ils chassent à outrance, je classe cet animal parmi ceux qui se tuent et ne se chassent pas.

Les Arabes disent : *Lâche comme une hyène*, et les Arabes ont raison.

CHAPITRE V.

LE SANGLIER.

Le sanglier abonde dans les trois provinces de l'Algérie.

Il y en a de deux espèces : le sanglier de bois et le sanglier de marais. Le premier est beaucoup plus grand, plus sournois et plus méchant que le second.

Dans les premiers temps de l'occupation française, on les rencontrait par centaines autour des villes et des camps.

Ils venaient pendant la nuit ravager les jardins plantés par nos soldats, au pied des fortifications et sous le fusil des factionnaires. Ceci me rappelle la première chasse au sanglier que j'ai faite en Algérie et dans laquelle j'éprouvai une émotion plus forte que celle que j'allais chercher.

C'était dans les premiers jours du mois de septembre 1842 et le lendemain de mon arrivée à Ghelma, où se trouvait l'escadron de spahis dans lequel je venais d'entrer à sa formation.

A cette époque, où Ghelma n'était encore qu'un camp, les tribus voisines étaient mal soumises, et le commandant supérieur avait dû prendre des mesures de sûreté par suite desquelles il était défendu de dépasser les avant-postes du côté du sud.

Comme c'était justement cette face du camp qui était la plus voisine du bois, une heure après mon arrivée, j'avais trompé la surveillance du poste et reconnu certains champs ensemencés de fèves où les sangliers venaient faire bombance toutes les nuits.

En rentrant au camp, je fis part de ma découverte à un mien camarade nommé Rousselot, vieux loup qui n'avait peur de rien et aimait la chasse avec passion, surtout la chasse, la nuit, à la barbe des Arabes.

Rousselot accueillit ma proposition avec joie et se chargea de reconnaître le point du rempart le plus mal gardé et par lequel nous pourrions descendre sans nous rompre les os.

Vers les neuf heures du soir, nous nous dirigeâmes vers ce que mon ami appelait l'escalier, accompagnés d'un tiers que nous avions mis dans la confidence, et qui devait amuser le factionnaire pendant que nous opérerions notre fugue.

Tout cela réussit à merveille, et, sans nous inquiéter s'il nous serait aussi facile de rentrer, dès que nous fûmes en rase campagne, nous nous occupâmes de charger nos armes à feu, qui étaient le fusil et le pistolet d'ordonnance, et d'arranger le plus commodément possible nos armes blanches, qui se composaient, pour mon camarade, du sabre de cavalerie et d'une petite hache, et, pour moi, d'une baïonnette et d'une espèce de couteau à découper qui tenait le milieu entre le poignard et le couteau de chasse.

Ces préparatifs terminés, nous nous hâtâmes de gagner le bois.

Lorsque nous arrivâmes près du champ ravagé par les sangliers, ces messieurs, qui ne nous avaient pas attendus, détalèrent à notre approche.

Ces bêtes n'ayant jamais été chassées, nous ne perdîmes point l'espoir de les voir revenir, et nous cherchâmes nos postes, résolus à passer là le reste de la nuit.

Le champ était séparé du bois par un petit sentier frayé par les Arabes.

Je laissai Rousselot s'installer entre deux broussailles, et j'allai me placer à trois cents pas plus loin, dans un beau lentisque isolé qui se trouvait entre le chemin et le champ.

Le temps était calme, le ciel serein, la lune magnifique.

Au moment où j'armai mon fusil et mon pistolet, j'entendis les trompettes du camp sonner l'extinction des feux.

A partir de ce moment, je comptai les heures par les cris de *Sentinelles, prenez garde à vous!* qui, malgré la distance, arrivaient assez distinctement jusqu'à nous.

Il pouvait être onze heures lorsqu'un grand bruit se fit entendre sous bois et sur ma gauche. Au même instant je vis toute une compagnie de marcassins, suivis d'une belle et grande laie, traverser le sentier et s'engager franchement dans le champ de fèves.

Comme j'étais convenu avec mon compagnon d'affût de ne tirer que pour tuer, je craignis de hasarder une balle à quarante pas, et j'attendis.

Peu de temps après, et sur la voie des marcassins, parut un vieux sanglier, marchant avec prudence, flairant et écoutant chaque fois qu'il s'arrêtait.

A peine arrivé sur le bord du sentier, l'animal s'arrêta de nouveau et plus longtemps que les autres fois, puis il fit un écart et rentra d'effroi sur ses traces.

Au même instant, la laie, suivie de ses marcassins, traversa le sentier au galop et disparut également sous bois.

Je cherchais à m'expliquer les causes de la frayeur que j'avais remarquée dans la fuite précipitée des bêtes noires, lorsqu'il me sembla entendre un bruit de voix sur ma droite, du côté opposé au poste occupé par Rousselot.

Je me rappelai alors ce que j'avais entendu dire au camp lors de notre arrivée, savoir, que des marauders, appartenant à la tribu des Ouled-Dann, en-

core insoumise, venaient presque toutes les nuits jusqu'au pied des remparts pour tirer sur les sentinelles.

Or, si j'étais bien informé, nous nous trouvions
justement sur le chemin de ces messieurs, dont la
conversation devenait de plus en plus distincte.

Il n'y avait pas un moment à perdre, et déjà il
était trop tard pour me rallier à Rousselot sans courir le risque d'être vu et de nous perdre ainsi tous
les deux si, comme j'en jugeais au bruit des voix,
nos importuns étaient en trop grand nombre.

Jusqu'à ce moment, j'avais tourné le dos au sentier, je fis volte-face pour l'avoir devant moi, et, après
avoir placé mon pistolet armé et mon couteau hors
du fourreau à la ceinture, j'attendis, le fusil à l'é-
paule, la suite des événements.

Voici quelle était la ligne de conduite à laquelle
je m'étais arrêté :

Le sentier étant trop étroit pour qu'ils puissent
marcher deux de front, et leurs burnous devant ef-
fleurer les branches du lentisque qui me sert d'abri ;
s'ils ne sont que quatre ou cinq, j'arrête le dernier
en tirant le pan de son burnous, et, avant qu'il se
soit expliqué ce qui le retient, je glisse entre lui et
ceux qui le précèdent et le tue d'un coup de baïonnette et sans bruit.

D'un coup de feu j'en abats un second et peut-
être deux s'ils sont en file ; puis, la surprise et la

panique aidant, j'aurai facilement raison de ceux
qui resteront, si toutefois il en reste.

Si, au contraire, ils sont en trop grand nombre,
je les laisserai passer, à moins qu'ils ne m'aperçoivent. Dans ce cas, je brûle la cervelle au premier qui
m'aura vu, et je fonds, comme un sanglier qui sort
de sa bauge, sur la troupe étonnée, frappant et tuant
de mon mieux, en attendant l'arrivée du vieux loup,
qui ne saurait tarder d'accourir pour prendre part à
la bagarre.

Mes dispositions venaient d'être prises lorsque je
vis paraître l'Arabe qui marchait en tête. C'était un
grand gaillard de la taille d'un carabinier et d'une
physionomie qui ne respirait rien moins que la
douceur.

Il était armé d'un fusil qu'il portait sur l'épaule
et d'un pistolet que le pan relevé de son burnous me
permettait de voir à sa ceinture. Derrière lui venait
une file de compagnons qui me parut extrêmement
longue à mesure qu'elle approchait.

Lorsque le chef de la troupe arriva à la hauteur
du lentisque dans lequel j'étais blotti, il s'arrêta
pour parler à ses camarades, qui étaient un peu en
arrière et marchaient doucement en discourant entre
eux.

Je compris qu'il les engageait à doubler le pas, et
il me sembla qu'en parlant il me regardait. Bientôt
il fut rejoint par le reste de la troupe, qui s'arrêta

comme lui sur le sentier, si près de moi, que je
n'avais en quelque sorte qu'à allonger le bras pour
les toucher.

Je les comptai, ils étaient quinze. Il est inutile de
dire que je renonçai à mon projet d'attaque, et que
je ne songeai qu'à me tirer d'affaire dans le cas où
je serais découvert.

Heureusement pour moi, celui qui paraissait commander aux maraudeurs se remit en marche et fut
suivi de près par tous les siens.

On comprendra combien le défilé de ces quinze
hommes dut me paraître long, et j'avoue que je
me sentis soulagé d'un grand poids quand le dernier
m'eut dépassé.

Cependant, mon camarade allait courir le même
danger, et je ne pouvais rien pour l'en prévenir. Afin
d'être prêt à le secourir à temps, je quittai mon affût
et suivis prudemment la lisière du bois sans perdre
de vue les Arabes, qui, à ma grande joie, passèrent
à côté de Rousselot sans le voir.

A peine le dernier des maraudeurs avait-il dépassé le buisson dans lequel il était embusqué, que
je vis ce brave garçon en sortir à la hâte pour savoir
ce que j'étais devenu.

Après lui avoir serré la main et lui avoir expliqué
en quelques mots ce qui s'était passé, nous entrâmes
sous bois pour éviter une deuxième rencontre et attendre la pointe du jour avant de regagner le camp.

8

Cette chasse ne fut pas la dernière, et pour qu'on
se fasse une idée de la quantité de sangliers qui, à
cette époque, vivaient autour de Ghelma, je dirai
que, chaque jour, les Arabes en apportaient plusieurs sur le marché, où ils étaient vendus pour la
modique somme de cinq ou six francs, et que, pour
ma part, j'en ai tué soixante en moins de six mois.

Avant l'occupation française, les Arabes, auxquels la chair du sanglier est interdite par le Koran,
le tuaient pour protéger leurs récoltes. Aujourd'hui
ils le tuent pour le vendre sur nos marchés. Quelques chefs indigènes seuls l'ont chassé et le chassent
encore, soit en battue, soit avec des lévriers, pour le
plaisir qu'ils éprouvent dans ces réunions où ils font
assaut d'adresse et de hardiesse comme cavaliers et
comme tireurs.

En France, les bêtes noires ne quittent leur bauge
qu'à la nuit, et elles ne se hasardent à sortir du bois
que fort tard. Il n'en est pas de même en Algérie,
où je vois presque tous les jours, quand je suis dans
la montagne, soit des vieux sangliers isolés, soit une
compagnie entière, quitter leur fort, au coucher du
soleil, pour aller se souiller à une source assez voisine de ma tente pour que je puisse assister à leurs
ébats.

Si c'est en hiver, ils recherchent moins l'eau et
prennent leurs mangeures dans un champ nouvellement ensemencé ou sur l'emplacement d'un douar

qu'ils mettent sens dessus dessous pour chercher
les grains que les Arabes y ont laissés.

On comprend d'après cela combien il est facile de
tuer des sangliers lorsqu'on sait s'y prendre comme
les indigènes. Il s'agit tout simplement d'aller, nu-
pieds et à bon vent, vers l'animal, en profitant des
accidents de terrain et des arbres qui peuvent vous
permettre de l'approcher sans être vu, en s'arrêtant
quand il écoute, et marchant quand son boutoir travaille, afin de ne pas être entendu. On peut de cette
manière approcher un sanglier isolé à trente pas.
C'est plus difficile lorsqu'ils sont plusieurs, parce
qu'alors il y en a toujours un qui écoute pour donner
l'éveil au moindre bruit.

Les sangliers qui arrivent sur nos marchés sont
presque tous tués de cette manière, que je conseille
aux Européens, en leur recommandant toutefois de
se munir de chaussons de lisière pour ne pas déchirer leurs pieds sur les cailloux et les ronces, à travers
lesquels les Arabes ont le privilége de marcher nu-
pieds comme sur du gazon.

Les chefs indigènes qui courent le sanglier choi-
sissent la saison d'été pour chasser en plaine, et
celle d'hiver pour chasser au bois. Il y a dans les
trois provinces de l'Algérie un grand nombre de
lacs et de marais couverts de roseaux, au milieu
desquels les sangliers vivent avec les canards et les
bécassines. Lorsque les eaux sont basses, c'est-à-dire

du mois de juin au mois de septembre, les bêtes
noires se réfugient sur quelques îlots touffus, qu'il
suffit d'incendier pour les en débusquer.

Cette mission est confiée à des hommes à pied,
tandis que les cavaliers s'échelonnent dans la plaine
pour courir sus aux animaux que la peur du feu fait
débucher. Cette chasse est pleine d'attraits, et quelquefois dangereuse quand on a affaire à un sanglier
bien armé.

Il n'est pas rare de le voir, après avoir été chargé,
charger à son tour et découdre les lévriers trop hardis qui veulent l'arrêter, ou les chevaux qu'une main
maladroite n'a pas su ranger à temps. J'ai assisté à
ces sortes de chasses faites par des Français et des
Arabes, et j'ai remarqué que l'avantage était toujours resté à ces derniers.

Ce n'est pas qu'ils soient meilleurs tireurs que
nous, je suis convaincu du contraire ; mais c'est sans
doute parce que nous nous occupons toujours un
peu de notre cheval pendant la chasse, tandis que
les Arabes l'oublient complétement pour ajuster et
tirer comme s'ils étaient à pied.

Je dois reconnaître, cependant, qu'il y a quelques
officiers d'Afrique qui ont su s'élever à la hauteur
des cavaliers arabes les plus adroits et les plus hardis. Parmi ceux que j'ai l'honneur de connaître, et
qui sont encore en Algérie, je citerai MM. les géné-
raux de Mac-Mahon, Yusuf et d'Autemarre ; M. le

commandant Dubos, des zouaves; MM. les capi-
taines Borrel et Sompt, de l'état-major; M. le capitaine de Bonnemain, des spahis de Constantine, et
M. le capitaine Marguerite, des spahis d'Alger, que
je n'ai pas l'honneur de connaître personnellement,
mais dont la réputation comme chasseur à tir et à
courre est connue de tous ses confrères en saint
Hubert en Algérie.

S'il était possible de faire le relevé des chasses ac-
complies par ces maîtres en vénerie, on trouverait
un total incroyable, et je ne crains pas d'affirmer que
celui des sangliers s'élèverait à plusieurs milliers.

La saison du printemps est également bonne pour
une chasse en plaine d'un autre genre, et, à mon
avis, plus amusante que celles qui précèdent.

A cette époque de l'année, les bêtes noires quittent le bois de bonne heure et s'en vont bien loin
chercher leurs mangeures et un ruisseau où elles
restent jusqu'à la pointe du jour.

Les chasseurs, qui connaissent d'avance la rentrée des animaux, sont, à cette heure, déployés en
tirailleurs sur la lisière du bois. Dès qu'un ou plusieurs points noirs sont signalés dans la plaine, tout
le monde se met en mouvement, et chacun manœuvre
de façon à maintenir la chasse loin du couvert et à
l'empêcher de franchir la ligne formée par les cavaliers.

Une compagnie de sangliers attaquée de cette ma-

nière est presque toujours massacrée jusqu'au dernier, et ces sortes de chasses sont si productives,
que, lorsqu'on a l'intention d'emporter les morts,
il est indispensable de se faire suivre par une ou
plusieurs prolonges.

De toutes les manières de chasser le sanglier,
celle-ci me paraît la plus agréable pour les véritables
amateurs. En effet, pour la chasse au marais, il faut
laisser passer la rosée du matin, qui neutraliserait
l'effet du feu dans les roseaux, et les chasseurs ont
beaucoup à souffrir de la chaleur.

Celle que l'on fait au bois, si elle n'est point
dirigée par un homme habile et connaissant bien
le pays, n'est souvent qu'un buisson creux, et,
dans tous les cas, elle est dangereuse à cause des
chutes des chevaux et des hommes qui courent à
travers des broussailles, des futaies non percées,
où il se présente à chaque instant des obstacles
infranchissables pour les meilleurs chevaux et les
meilleurs cavaliers.

Les raisons qui me font préférer la chasse dont
j'ai parlé plus haut, et que j'appellerai la chasse
au rembucher, sont les suivantes : d'abord l'heure
à laquelle on la fait, c'est-à-dire ce moment aimé
de tous les chasseurs européens, qui l'appellent
entre chien et loup, les Arabes, *entre chacal et chien*,
et qui, pour tous, est plein de charmes et de douces
émotions à cette époque de l'année ; ensuite, la

beauté du courre dans ces plaines sans fin et sans
obstacles, où aucun des incidents de la chasse n'é-
chappe à l'œil du veneur ; et enfin l'imprévu, qui
est toujours une jouissance, soit qu'il se présente
sous la forme d'une hyène ou d'une troupe de chacals, maraudeurs attardés qu'a surpris le jour.

J'ai assisté plusieurs fois à une chasse au lévrier
que les Arabes font pendant la nuit et au clair de
lune. Voici comment les choses se passent. A l'é-
poque où les sangliers ravagent les moissons, on
réunit le plus de monde possible, et on monte à
cheval de façon à arriver vers le milieu de la nuit
dans la plaine où se trouvent déjà les animaux.

Les cavaliers, marchant sur une seule ligne,
ne tardent pas à apercevoir les fuyards. Aussitôt,
l'alerte est donnée, et tout le monde de charger
avec des cris, des hourrahs qui feraient peur à
des hommes.

J'ai remarqué dans ces chasses que les vieux
sangliers et les ragots, c'est-à-dire ceux qui sont
bien armés, protégeaient toujours la retraite des
bêtes rousses, des bêtes de compagnie, des laies
et des marcassins.

J'en ai vu qui, dès qu'ils étaient serrés de près
par les lévriers, faisaient tête et chargeaient à
outrance, tandis que leurs camarades détalaient.
Dès qu'un animal tient au ferme, les cavaliers l'entourent, et, sans se préoccuper des hommes, des

chevaux ou des chiens, chacun lui envoie son coup de fusil accompagné d'une injure, et cela dure ainsi jusqu'à ce que l'animal, qui, comme on le pense bien, *ne va pas toujours seul chez les morts* [1], ne donne plus aucun signe de vie.

[1] « Holà ! c'est bon !
    L'amplé moisson :
    Seul, ce dix-cors
N'ira pas chez les morts;
    Et si son flanc
    Est tout en sang,
    Plus d'un bon chien
À vu couler le sien ! »
       (*La duchesse de Nemours*, fanfare.)

CHAPITRE VI.

LE CHACAL.

Le chacal est, comme l'hyène, plutôt du genre des omnivores que de celui des carnivores, dans lequel il a été classé. Il vit aux dépens du jardinier, auquel il dérobe ses fruits et ses légumes, et aux dépens du pasteur, dont il est, après le lion, le plus grand ennemi.

Dans les mauvais jours, il se rejette sur les racines, les vers et l'argile, ou bien il fouille les débris et les immondices autour des habitations. Les Arabes disent : rusé comme un chacal. En effet, cet animal, qui tient le milieu entre le loup et le renard, est, comme ceux-ci, un rusé coquin.

Il passe des journées entières blotti derrière une broussaille, pour attendre, près d'une source, une compagnie de perdreaux. Il profite du moment où les chiens du douar, fatigués d'avoir veillé et crié toute la nuit, se sont endormis, pour leur passer sur le corps et entrer sous une tente, où il prend soit un agneau, soit une poule.

Dans la montagne, il suit les troupeaux de moutons, et leur fait éprouver des pertes sensibles. La nuit, il chasse le lièvre et le lapin en compagnie de ses camarades, qui se postent pendant qu'il suit la voie en criant.

Non content des bénéfices que peuvent lui procurer ces diverses branches de son industrie privée, le chacal, qui pullule en Algérie, et surtout dans la province de Constantine, s'est associé à l'hyène, aux maraudeurs et aux lions. Il va sans dire que ce ne sont pas ceux-ci qui retirent le plus grand profit de l'intervention de ce parasite; car c'est surtout avec les lions et les maraudeurs que le chacal mène une vie de sybarite sans se donner beaucoup de peine.

Voici comment les choses se passent.

Partout où il y a des populations arabes, il y a des maraudeurs. Ce sont des jeunes gens qui ont bon pied, bon œil, bon courage, et qui s'en vont, par les nuits les plus noires, tantôt quatre, tantôt dix, prendre dans les troupeaux de leurs voisins quelques bêtes à cornes ou autres ; ce qu'ils appellent faire une promenade de nuit.

Le chacal, ayant rencontré une fois pareille bande ramenant bœufs et moutons, se mit à les suivre.

Bientôt le chef des maraudeurs fit remarquer aux siens qu'ils avaient fort mal dîné, et qu'un mouton de plus ou de moins n'était pas grand'-chose quand il ne coûtait pas davantage.

Chacun fut de son avis, et, en un instant, la bête fut égorgée, dépouillée, embrochée à un arbre coupé à cet effet, devant un feu qui aurait fait rôtir un bœuf.

Le chacal se réjouit fort des préparatifs du festin, tout en pensant à part lui que, malgré ce feu d'enfer, le mouton serait bien long à cuire, et que, pour sa part, il se contenterait bien de l'intérieur et des débris si on lui permettait de les prendre.

Comme on ne faisait pas attention à lui, il voulut parler; mais une grêle de pierres lui fit comprendre qu'il n'était pas invité et l'obligea à se tenir à l'écart.

Après que la bande noire se fut repue et mise en route avec son butin, le chacal quitta son poste d'observation et trouva des restes très-appétissants et en quantité suffisante pour lui et ses compagnons de fortune qui arrivèrent au premier appel.

Ces messieurs se trouvèrent si bien de cette rencontre inespérée, que, depuis ce jour-là, les maraudeurs sont toujours suivis par un de leurs pareils qui ne les perd jamais de vue, et qui, de temps en temps, pousse un cri particulier (une espèce d'aboiement sec et rauque), afin que ses camarades ne s'égarent point et arrivent au moment opportun.

C'est par les mêmes raisons que le chacal suit le

lion et l'hyène en criant ainsi. De là l'erreur générale-
lement répandue sur le cri du chacal qui suit soit
des maraudeurs, soit un lion, soit une hyène, et que
l'on attribue à cette dernière.

Comme les Arabes s'abstiennent de voyager la
nuit, surtout à pied, et que le chacal, lorsqu'il rencontre un ou plusieurs hommes, croit toujours avoir
affaire à des voleurs, il m'est arrivé souvent d'être
suivi, une nuit entière, par un de ces animaux, marchant quand je marchais, s'arrêtant quand je m'ar-
rêtais, et criant, comme je l'ai dit plus haut, quelquefois à vingt pas de moi.

Dans les contrées fréquentées par le lion, les Arabes appellent le chacal qui crie de la sorte : *baouêgh*,
et lorsqu'ils l'entendent, ils allument des feux ou
tirent des coups de fusil pour engager le lion ou les
maraudeurs à passer chez le voisin.

Le baouêgh m'est d'un grand secours quand je
chasse un lion qui ne rugit pas. Grâce à lui, il m'est
arrivé souvent, sans quitter un col ou une crête qui
dominait le pays, de suivre toute la nuit la marche
du lion, de juger les douars qu'il n'avait fait que
menacer, celui qui avait payé son tribut, et enfin de
connaître sa rentrée du matin.

Dans les pays de plaine et découverts, le chacal
se retire pendant le jour dans des rochers ou des terriers. Partout où il y a des bois ou seulement des
broussailles, il se tient dehors.

Les Arabes chassent le chacal au lévrier le soir,
lorsqu'il sort de bonne heure, le matin à sa rentrée
et pendant le jour, en le traquant pour le faire passer
d'un bois dans un autre et en découplant les lévriers
au débucher.

Quoique le chacal ne soit pas vite, cette chasse
ne laisse pas que d'être amusante, parce qu'il se défend avec courage et que beaucoup de lévriers le
craignent autant que le sanglier.

Je conseillerais aux Européens qui ont deux ou
trois couples de chiens courants et qui chassent
pour chasser, de les mettre dans la voie du chacal,
qu'ils goûtent de préférence à toute autre. C'est un
courre d'autant plus agréable que l'animal prend de
grands partis, qu'on ne tombe jamais en défaut et
qu'il tient deux ou trois heures avant d'être forcé.
Il est important, avant d'attaquer, de faire boucher
les terriers comme cela se pratique en France pour
le renard.

LE RENARD.

Le renard africain est moitié plus petit que celui
d'Europe. Il habite les plaines découvertes, où il se
creuse des terriers vastes et profonds, contre les ber-

ges des ruisseaux et dans les silos qui ont été aban-
donnés par les Arabes.

Cet animal n'est point nuisible comme chez nous,
car c'est à peine s'il ose voler une poule de loin en
loin. Il vit exclusivement du produit de sa chasse,
c'est-à-dire de petits oiseaux, de gerboises, de lé-
zards et de serpents.

Les Arabes le chassent au lévrier, le matin, à
.. pointe du jour, lorsqu'il s'est attardé dans la
plaine. C'est une chasse sans intérêt, et je crois que
pour les Européens qui aiment la chasse au furet,
il serait plus agréable de se servir de chiens terriers, qui rempliraient ici pour le renard le même
office que remplit chez nous le furet pour le lapin.

CHAPITRE VII.

LE CERF.

Le cerf d'Afrique est un peu moins grand que celui de France; son pelage est plus fauve et plus rude. On ne le rencontre en Algérie que dans la province de Constantine et dans trois cercles à l'est de cette province : ceux de *Bône*, de la *Calle* et de *Tebessa*.

Dans le premier, les cerfs habitent les montagnes des Beni-Salah et des Ouled-Bechiah, couvertes de magnifiques futaies de chênes-verts et de chênes-liéges; dans le second, on les trouve sur les bords des lacs situés près du littoral; dans le troisième, les cerfs ont fixé leur demeure dans une forêt de pins que les Arabes appellent *Ghib-Choueni* (Bois des Voleurs), enclavée entre trois montagnes qui

forment un triangle, et sont : l'*Ouenza* à l'est, le
Bou-Kradera au sud et le *Guelb* à l'ouest.

La forêt est en plaine, et, quoique non percée,
elle présente un courre assez bon. J'y ai chassé le
cerf en compagnie des Mahatlah et des Ouled-Sidi-
Abid, avec des lévriers qui le forçaient, ou plutôt
qui l'essoufflaient et le tenaient hallali sur pied,
jusqu'au moment où nous arrivions pour le servir
d'une balle.

Je pense qu'avec un équipage de chiens courants
on pourrait chasser le cerf dans cette contrée comme
cela se pratique dans nos forêts de France.

Il suffirait de chasser deux ou trois animaux
pour apprendre leurs refuites ordinaires, afin de
placer les relais ; de nombreuses clairières rendraient facile l'action de rembucher et de détourner
le cerf qu'on voudrait attaquer.

Il n'en est pas de même des bois dont il est parlé
plus haut, qui sont impraticables pour un veneur,
tant le pays est accidenté et couvert.

Dans ces contrées, les indigènes tuent les cerfs
à l'époque du rut, en les approchant à la faveur
des bruyères et des lentisques, qui partout sont
très-hauts et très-épais. Pendant la belle saison,
ils les affûtent la nuit, quand ils viennent au
gagnage dans les champs ensemencés d'orge ou
de blé.

Je connais à Borj-Ali-Bey, sur la route et à mi-

chemin de Bône à la Calle, un Arabe qui a tué
plus de cent cerfs de cette manière. Je le signale
comme un bon guide au chasseur que la fantaisie
conduira vers ces parages.

L'ANTILOPE.

L'antilope, que les Arabes appellent *Bagar-Ouerch*
ou *Fechtal*, selon les localités, est nomade comme
les tribus du sud, qu'elle suit dans leurs dépla-
cements.

Au printemps, en été et en automne, on la trouve
sur les hauts plateaux qui touchent au Sahara vers
le nord. Aux premiers froids, elle descend dans la
région des sables.

Ces mammifères voyagent par troupeaux de plusieurs centaines, et se tiennent toujours dans un
pays découvert. Leur vitesse et leur fond sont tels,
qu'il n'est pas de lévriers qui puissent les atteindre,
et que les chevaux les plus vigoureux ne sauraient
les forcer.

Lorsqu'ils aperçoivent un petit nombre de cavaliers, au lieu de les fuir, ils viennent à eux, et, précédés d'un mâle qui paraît être le chef du troupeau,

9

ils défilent au trot, quelquefois à trente ou quarante mètres des cavaliers, qui ne peuvent leur
envoyer qu'une décharge pendant le défilé ; car, à
la première détonation, le troupeau fuit avec une
vitesse qui, comme je l'ai dit, défie celle des meilleurs lévriers.

Lorsque les Arabes veulent chasser l'antilope,
ils réunissent le plus grand nombre possible de
cavaliers. Le gros de la troupe met pied à terre
dans un pli de terrain propre à la cacher, pendant
que les éclaireurs vont reconnaître le troupeau.

Si leur rapport fait connaître que le troupeau
est nombreux, et qu'il s'y trouve soit des femelles
pleines, soit des bêtes de l'année, on forme un relais
qui va occuper les refuites connues ; et, lorsque
la troupe qui doit attaquer juge le moment venu,
elle se dirige vers les antilopes, d'abord au pas,
puis au trot, et elle charge dès qu'elles partent
d'effroi.

Il est rare qu'avant d'arriver au relais une bête
reste en arrière et soit tuée. Le troupeau fuit avec
ordre jusque-là, les mâles formant l'arrière-garde,
et poussant devant eux les femelles et les faons ;
mais, lorsqu'ils voient sortir, comme de dessous
terre, trente ou quarante cavaliers hurlant comme
des furieux, les animaux dont le ventre est trop
lourd ou le jarret trop faible, c'est-à-dire les femelles
pleines et les jeunes faons, perdent la tête, et,

malgré les coups de corne des mâles, qui voudraient les sauver, ils sont distancés par le reste du troupeau, et ne tardent pas à être entourés par les cavaliers du relais, qui les fusillent.

Si les éclaireurs ont reconnu un troupeau peu considérable ou dans lequel les animaux susceptibles d'être forcés sont en petit nombre, tous les cavaliers manœuvrent de façon à l'enfermer dans un vaste cercle qui se rétrécit peu à peu.

Lorsque ce mouvement est exécuté par un nombre de chevaux suffisant et à une allure vive, le troupeau est enfermé comme dans un parc et tellement ahuri, qu'il se presse et tourne sur lui-même au milieu du cercle, sans même chercher à fuir par les intervalles restés libres.

Alors, ce n'est plus une chasse, mais une véritable boucherie.

Le plus souvent, trop pressés de se rapprocher des antilopes, les cavaliers ne gardent pas leurs distances, et celles-ci en profitent pour s'échapper.

Cette chasse est agréable, non-seulement pour celui qui y prend une part active, mais encore pour le spectateur. Pour la pratiquer, il faut être habitué à manier un fusil à cheval et ne pas reculer devant les fatigues qu'entraînent ces courses, qui durent quelquefois une journée entière, sans compter la retraite, qui prend la moitié de la nuit.

LA GAZELLE.

On trouve en Algérie deux espèces de gazelles. Celle du Sahara, qui habite la région des sables, et celle du Tell, que l'on rencontre sur les hauts plateaux et dans les montagnes qui bordent le désert au nord.

La première, beaucoup plus petite et d'un pelage plus fauve, est nomade comme l'antilope, c'est-à-dire qu'elle change de quartiers suivant les saisons.

La seconde ne sort guère d'un rayon de deux ou trois lieues autour de sa demeure habituelle. J'ai connaissance de plusieurs troupeaux de gazelles établis dans diverses montagnes situées au sud et à l'est de Constantine, que j'y ai toujours rencontrés depuis cinq ou six ans.

J'ai remarqué une habitude chez la gazelle du nord, qui non-seulement la distingue des autres ruminants, mais encore de tous les quadrupèdes vivant comme elle à l'état sauvage.

Chacun sait que les animaux à l'état de nature, bêtes noires, fauves ou nuisibles, font du jour la nuit, *et vice versâ*.

La gazelle fait exception à cette règle générale, en se couchant, le soir, avec le soleil, pour aller au gagnage à la pointe du jour.

Voici comment je suis arrivé à connaître cette particularité, qui, selon moi, prouve que la gazelle est le plus timide et le plus craintif des animaux de la création.

En parcourant les crêtes d'une montagne connue dans le cercle de Constantine sous le nom de *Zerazer*, je rencontrai sur un point culminant et découvert une quantité considérables de fumées et un grand nombre de chambres de gazelles.

Comme cette demeure me parut fréquentée depuis longtemps et vidée depuis peu, je pensai que ces dames avaient été dérangées par une bête ou un bruit quelconque; ayant trouvé, à trois ou quatre cents mètres de là, un rocher qui dominait le pays, je m'y installai pour y passer la nuit et suivre les rugissements du lion qui m'avait été signalé.

Le soir, au moment où le soleil allait disparaître à l'horizon, j'aperçus un troupeau de gazelles marchant à la file et se dirigeant vers la demeure que j'avais reconnue.

Je les comptai, elles étaient six, dont un seul mâle, qui tenait la tête. Le chef de ce petit sérail arriva droit aux chambres dont j'ai parlé, gratta le sol deux ou trois fois, puis se mit à genoux et se coucha. Un moment après, tout le troupeau était couché autour de son chef.

Je les observai jusqu'à la nuit sans qu'elles quittassent leurs demeures, et, quand les premières lueurs me permirent de voir jusque-là, elles y étaient encore.

Ce ne fut qu'au moment où je me levai pour rentrer sous ma tente que le mâle donna l'éveil en frappant du pied, et que les gazelles quittèrent leurs reposées en s'étirant commes des paresseuses trop tôt éveillées.

Ne voulant point troubler ces pauvres bêtes, je m'éloignai en suivant une direction opposée et pus les voir longtemps immobiles à la même place.

Cette observation, que j'ai pu renouveler depuis, m'a donné la certitude que la gazelle dormait la nuit, de peur de rencontrer des animaux nuisibles sur son chemin; et ce qui prouve qu'il n'y a pas d'autre raison à cette habitude, c'est que ses demeures, au lieu d'êtres cachées comme celle des autres animaux, se trouvent toujours soit sur un plateau, soit sur un versant parfaitement découvert, afin d'éviter toute surprise.

Sans rien affirmer sur la gazelle du désert, je crois qu'elle doit se garder de la même manière; car, dans les premiers jours du siége de *Zatcha*, en 1849, j'en ai vu qui venaient, tous les matins à la pointe du jour, et tous les soirs un peu avant le coucher du soleil, s'abreuver en aval d'une source gardée par un de nos postes. Le bruit de la fusillade et du canon finit par les éloigner et les obligea à chercher des parages plus tranquilles.

La gazelle et le lion sont les deux extrêmes pour
le moral et le physique.

Elle est timide autant qu'il est audacieux, faible
autant qu'il est fort, belle par la finesse, la distinc-
tion, la délicatesse de ses formes et la douceur de
son regard, comme il est beau par sa prestance de
roi tenant son trône du ciel, par les proportions de
son corps pétri de force, de souplesse et d'élégance,
et la fierté placide de son regard, qui impose le respect et magnétise.

Si l'espèce humaine n'avait pas dégénéré, on
pourrait comparer la gazelle à la femme et le lion à
l'homme; mais, s'il reste quelques femmes qui mé-
ritent cette comparaison, et il en reste, le plus bel
homme de notre siècle paraîtrait bien laid à côté du
roi des animaux. Les Arabes rendent justice au mérite personnel de la gazelle, et surtout à la beauté de
ses yeux, ce qui ne les empêche pas de lui faire une
guerre à outrance.

Dans le Sud, ils la chassent comme l'antilope et
avec des lévriers.

A moins qu'un troupeau ne soit cerné par un
grand nombre de cavaliers et qu'il ne perde la tête,
les jeunes et les femelles restent seuls au pouvoir
des chasseurs; les adultes se tirent toujours d'affaire, car leur vitesse et leur fond sont supérieurs à
ceux des meilleurs lévriers.

Dans le Tell, les Arabes font des battues qui ont

pour objet de chasser les gazelles d'une montagne
à une autre.

Des hommes cachés sous bois ou derrière un rocher occupent les accourres tenant des lévriers en
laisse, et, lorsque le troupeau passe à proximité, ils
les lâchent sans bruit, de sorte que souvent plusieurs
gazelles sont portées bas d'effroi ou par surprise,
sans avoir été courues.

Les fumées de la gazelle, séchées au soleil et ré-
duites en poudre, donnent un goût et une odeur
très-agréables au tabac que l'on fume en Algérie.
C'est, selon moi, ce qu'il y a de meilleur dans cet
animal, qu'il vaut mieux voir et avoir vivant que
mort, tant il est intéressant et joli.

CHAPITRE VIII.

LE PORC-ÉPIC.

Il y a à Constantine plusieurs clubs ou sociétés de chasseurs de porc-épic, que les Arabes appellent *hatcheichia,* parce qu'ils fument le *hatchich* en guise de tabac. Les membres de ces différents clubs sont d'origine kabyle.

Leur qualité de *hatcheichi,* c'est-à-dire d'homme qui perd la raison en fumant, leur a valu le mépris de tous les indigènes. Afin de se consoler de cette réprobation générale, ils se réunissent, tous les soirs, pour fumer au son du tam-tam et hurler comme des bêtes jusqu'à ce qu'ils tombent sous le poids du sommeil et du hatchich.

Il existe entre les différents clubs une rivalité telle, qu'avant la prise de Constantine et le jour de la fête du printemps ceux de la porte d'El-Kantara

et ceux de la porte Jebia se livraient des batailles
sanglantes dans lesquelles l'arme offensive et défensive était pour tous la massue.

L'autorité française a mis un terme à ces rencontres dans les murs de la ville; mais ces messieurs se
dédommagent quand ils se trouvent en présence sur
le théâtre de leurs opérations cynégétiques.

Les hatcheichia aiment la chasse au porc-épic avec
une passion difficile à comprendre quand on ne sait
pas toutes les difficultés qu'ils sont obligés de vaincre pour prendre un de ces animaux. C'est ce que
je vais faire en sorte d'expliquer de mon mieux.

La porc-épic a les mœurs et les habitudes du blai-
reau, duquel il ne diffère que par la cuirasse dont
l'a doué la nature afin de le préserver des hyènes et
des chacals, qui souvent habitent le même terrier
que lui. Il se creuse des demeures à une grande
profondeur et toujours au pied d'un rocher.

Dans les environs de Bougie et de Ghelma, nos
soldats en ont pris des quantités fabuleuses avec des
lacets en laiton; il est probable qu'il s'en trouvait
autrefois aux environs de Constantine, qui sont très-
rocailleux et remplis de terriers où les chacals pul-
lulent; mais les hatcheichia ont dû les exterminer,
puisqu'il n'en reste plus.

C'est ordinairement à la fin de l'hiver que les
chasseurs de porc-épic se mettent en campagne.
Comme ils sont obligés de marcher plusieurs jours

avant de pouvoir chasser, comme chaque déplacement dure au moins un mois et qu'ils savent par
expérience que leurs habitudes ne leur donnent aucun droit à l'hospitalité arabe, ils font des préparatifs en conséquence.

La veille du jour fixé pour le départ, on se réunit
dans la salle du club et on y fait ripaille jusqu'à
l'ouverture des portes. Ceux qui n'ont pas le bonheur
de faire partie de l'expédition font la conduite à
leurs confrères, qu'ils embrassent en les quittant
comme s'ils ne devaient plus les revoir.

Les chasseurs, d'ordinaire au nombre de huit ou
dix, promettent monts et merveilles pour l'honneur
du club et partent, précédés d'un ou deux baudets
qui portent les outils et les munitions de bouche,
et suivis de quelques couples de chiens griffons
presque toujours galeux. Chacun d'eux est armé
d'un bâton de cinq pieds de long, à l'extrémité duquel est adapté un morceau de fer en forme de lance
avec des dents comme celles d'une scie.

C'est l'instrument destiné à pourfendre l'ennemi
et à le tirer hors du trou. Des marteaux en fer de
toutes les formes et de toutes les dimensions ornent
la ceinture des plus robustes, dont la mission est
d'élargir les voies pour livrer passage à un enfant
de dix à douze ans, le plus petit, le plus malingre,
le plus allongé de la création, qui, s'il marchait sur
les mains, ressemblerait à un basset.

Cet avorton est couvert des pieds à la tête d'un vêtement de peau qui lui donne un faux air d'araignée, et qui est sa cuirasse, à lui. C'est pourtant là le héros, l'Hercule de la bande, car c'est toujours lui qui attaque l'animal.

Après avoir marché plusieurs jours à travers les montagnes et les plaines, couchant à la belle étoile, sous la protection des douars, qui leur permettent à peine de camper à portée de fusil, ils arrivent à un terrier dont ils ont connaissance, ou qui leur a été signalé.

Le porc-épic a laissé tomber quelques plumes qui accusent sa présence ; des traces nombreuses et de bon temps indiquent sa sortie et sa rentrée habituelles. Il ne saurait y avoir doute : cette demeure est habitée.

Les chiens, découplés, disparaissent dans les bouches du terrier, et, aux premiers coups de voix qui se font entendre, les chasseurs répondent par un hourrah joyeux, et disposent les outils qui doivent servir au siége de la place.

Lorsque tout est prêt pour ouvrir la tranchée, on cherche le bipède qui remplit les fonctions de basset, pour l'envoyer en reconnaissance ; mais c'est en vain : il a disparu avec sa lance, et l'on a beau le demander aux échos d'alentour, en l'appelant par les noms les plus tendres, celui sur qui repose l'orgueil du club et l'espoir de l'expédition est invisible.

Pendant que les chasseurs se désolent et le croient perdu, les chiens sortent du terrier, le poil hérissé; puis, derrière les chiens, apparaît bientôt un pied, ensuite une jambe sortant à reculons, et, peu après, le corps et la tête de l'enfant, qui jette au milieu de ses compagnons un porc-épic presque aussi grand que lui, et plein de vie, quoique transpercé par le fer de la lance, qu'il mord à belles dents, comme s'il voulait l'arracher.

L'animal ayant été tué d'un coup de couteau sous la gorge, on lui ouvre le ventre, afin de le vider, et on remplace les intestins par des plantes aromatiques mêlées à quelques poignées de sel. Cette opération a pour objet de conserver le porc-épic jusqu'à la fin de la campagne, et de le faire figurer sur la table du club à Constantine.

Il est bon de dire que les choses ne se passent pas toujours ainsi, et que, le plus souvent, ce n'est qu'après plusieurs jours de siége et de travaux pénibles que l'animal est pris, quand toutefois il est pris; car il arrive quelquefois que les voies sont si étroites et les parois du rocher si dures, que, malgré les pinces, les marteaux et la passion des travailleurs, l'enfant, quelque fluet qu'il soit, ne peut arriver jusqu'au dernier réduit du porc-épic, et qu'il faut renoncer à la prise.

Ces chasseurs parcourent ainsi les cercles de Constantine, de Ghelma et de Bône. J'en ai ren-

contré même dans le cercle de la Calle, à soixante
lieues de leur point de départ. Leurs expéditions
sont plus ou moins heureuses, et, s'il arrive qu'ils
rentrent avec une douzaine d'animaux, qui leur
servent à faire ripaille pendant plusieurs jours,
quelquefois aussi, après un mois de marches, de
fatigues et de privations, ils n'apportent qu'un seul
porc-épic.

Lorsque ce cas se présente, les membres du club se
réunissent comme d'habitude, pour fêter la rentrée
de leurs frères, et l'animal rôti est servi sur un plat
de bois, et placé au milieu de l'assemblée, qui forme
le cercle autour de lui et le contemple avec bonheur.

Le président du club invite son voisin de droite
à se servir; celui-ci touche le bord du plat du bout
des doigts de la main droite, qu'il porte à ses lèvres,
en disant : J'en ai assez. Tous les convives imitent
son exemple, et se rejettent sur le couscoussou et
les dattes qui entourent le plat d'honneur. Puis on
chante à tue-tête, en s'accompagnant des mains
et du tam-tam, les exploits passés, présents et à venir,
et la pipe fait le reste.

Le club se réunit le lendemain, le surlendemain
et tous les jours de même, jusqu'à ce que les voisins
se plaignent du tapage que font les batcheichia pendant la nuit, de l'infection insupportable qu'exhale
le porc-épic passé à l'état de putréfaction complète,
jusqu'à ce qu'enfin la police intervienne pour

mettre à la porte la chasse et les chasseurs, qui
s'en vont ouvrir ailleurs leurs séances.

A propos du porc-épic, je suis bien aise de rappeler ici un fait dont j'ai été témoin et qui vient à l'appui de ce que j'ai dit au chapitre de l'hyène. Ayant
rencontré un jour une troupe d'hatcheichia assié-
geant un terrier, je mis pied à terre pour assister au
dénoûment.

Après plusieurs heures d'un travail acharné, une
hyène fut prise et tirée dehors par un enfant de
douze ans qui avait logé deux pieds de sa lance dans
le corps de l'animal.

Des chasseurs européens eussent été fiers de ce
résultat; les hatcheichia en furent mécontents et humiliés : mécontents, parce qu'à leurs yeux c'était
un mauvais augure, et humiliés, parce que les Arabes des environs qui étaient venus assister à leurs
travaux, les accablèrent de toutes sortes de mauvaises
plaisanteries.

Il va sans dire que l'animal fut laissé sur le terrain pour servir de pâture à ses pareils, et que les
chasseurs quittèrent le pays pour se soustraire aux
invectives des Arabes et chercher ailleurs des réduits
mieux fréquentés.

Comme ils ne font que deux ou trois campagnes
par an, afin de se tenir eux et leurs chiens en haleine,
les hatcheichia chassent les hérissons. Quand le ciel
est serein et la lune bonne, ils partent de Constan-

tine dans l'après-midi avec quelques couples de griffons, et ils vont battre la plaine toute la nuit. Dès
qu'un chien rencontre la voie du hérisson, il se récrie
et est rallié par les autres, qui chassent de concert
comme s'il s'agissait d'un cerf ou d'un sanglier.

Dès qu'il se voit pris, l'animal se roule comme
un manchon, opposant les pointes dont il est couvert,
aux dents de la meute. Un des chasseurs le prend
avec le pan de son burnous, le met dans son capuchon, et la chasse continue ainsi jusqu'au matin.

LE MENU GIBIER.

Pendant les premières années de l'occupation
française, le gibier de toute sorte était si abondant
en Algérie, qu'une perdrix valait dix centimes,
deux lièvres un franc, et ainsi du reste. Les plus
mauvais chasseurs rentraient toujours avec des carnassières pleines, et, dans un grand nombre de localités, on chassait à une portée de canon du rempart, quand c'était une ville, du fossé, quand c'était
un camp.

Il me souvient qu'au mois de septembre 1842
j'ai tué, un jour, entre le déjeuner et le dîner, dans

les environs de Ghelma, quarante-cinq perdreaux et sept lièvres avec un fusil de dragon. J'ajouterai que je ne suis pas un tireur de première force et que j'en connais qui, armés d'un fusil Lefaucheux, auraient tué le double.

A force de chasser en tous temps, le gibier est devenu plus clair-semé autour des villages et des camps, et rare près des villes. Cependant, comme il existe dans toutes les provinces, et surtout dans celle de Constantine, bien des points, éloignés de nos centres de population, où le gibier de toute espèce abonde, il est encore facile de faire de belles chasses en Algérie.

Pour cela, il faut se déplacer pendant plusieurs jours en compagnie d'un officier attaché aux affaires arabes ou d'un kaïd. Si c'est en hiver, on va s'établir sur le bord d'un lac dans lequel on est sûr de semer tout le plomb dont on se sera muni, contre les oies, les canards, les cygnes et autres oiseaux aquatiques qui sont là par milliers.

Les habiles trouveront sur le bord des lacs, et dans les prairies submergées, des légions de bécassines.

Aux mois de juillet et d'août, avant que les chacals et autres braconniers à poil aient prélevé la dîme, on tombe au milieu de compagnies de perdreaux rouges (la perdrix grise n'existe pas en Algérie), dont les aïeux n'ont jamais entendu un coup

10

de fusil et qu'il faut pousser du pied pour les décider à partir.

Dans les provinces d'Oran et d'Alger, le lapin pullule ; celle de Constantine n'en a qu'à ses limites du
côté de l'ouest ; mais, en revanche, le lièvre y est si
abondant, que lorsqu'une expédition est dirigée vers
l'est ou vers le sud , chaque jour nos soldats en
prennent avec la main des quantités considérables,
soit pendant les marches, soit même dans les bi-
vacs.

Chassé au chien courant, le lièvre d'Afrique, d'un
tiers plus petit que celui d'Europe, ne prend jamais
de parti, ne débuche jamais, et se terre quand il
peut lorsqu'il est sur ses fins.

Au printemps et en automne , les oiseaux voyageurs viennent augmenter les richesses cynégétiques
indigènes, de telle façon que, dans les plaines éloi-
gnées des points d'occupation, on rencontre comme
des semis de grues, d'outardes, de poules de Car-
thage, de pluviers, de cailles, de bécasses, et autres
ennemis de la poudre et du chasseur.

Je me résume : l'Algérie renferme des éléments
précieux pour la vénerie et la chasse. Il suffit de
vouloir et de savoir les trouver pour en jouir.

Au paresseux, au sybarite, au chasseur efféminé,
le soin de glaner autour des villes et des camps. Au
vrai disciple de saint Hubert, les riches moissons,
loin, bien loin, dans la montagne et dans la plaine.

CHAPITRE IX.

Dans un pays où l'histoire s'écrit à coups de fusil, il est difficile de remonter à la source des usages et des coutumes de ses habitants, surtout lorsque, comme les Arabes, ils vivent dans un milieu de traditions et de croyances qui, le plus souvent, ne vont pas au delà des limites de la tribu et de la génération présente.

Aussi, sans rien affirmer sur l'origine de la fauconnerie en Afrique, je dirai que les Arabes proprement dits paraissent l'avoir importée avec eux, puisqu'elle est presque inconnue chez les Chaouia et les Kabyles, qui les ont précédés dans l'occupation de ce pays.

La chasse au faucon en Algérie est le privilége des grands et des forts. Ceux qui la pratiquent avec passion sont les descendants des familles nobles et militaires qui se sont ralliés à la France pour conserver ou obtenir des commandements.

Quel que soit le pouvoir ou la fortune d'un indi-
gène, il ne peut, s'il n'est pas un peu noble ou d'une
bravoure bien établie, se livrer à l'art de la fauconnerie sans courir le risque d'être tourné en ridicule
et quelquefois molesté par les siens.

L'oiseleur d'un kaïd de ma connaissance m'a
rapporté à ce sujet une anecdote assez curieuse, et
dans laquelle il a joué, comme on le verra, un rôle
dangereux.

Cet homme, qui est, après un certain Mabrouk
dont je parlerai plus loin, le plus enragé fauconnier
que j'aie connu en Afrique, mérite d'occuper un
instant l'attention du lecteur.

Il se nomme Abdallah et appartient à la tribu des
Mabatlah, dont il est un des plus braves cavaliers,
ce qui n'est pas peu dire.

Le jour où je lui demandai son âge, il me répondit qu'il était né l'année de la poudre.

Or, comme avant sa soumission à la France cette
tribu passait son temps à faire le coup de fusil avec
ses voisines, je dus lui donner l'âge qu'il paraissait
avoir, c'est-à-dire quarante ans.

D'une taille au-dessous de la moyenne, d'un air
grave et taciturne, d'une apparence frêle et maladive pour qui le voit en passant, cet homme n'a rien
de remarquable.

Mais, lorsqu'il se trouve en compagnie de gens
qui lui sont sympathiques, et que la conversation

roule sur des sujets de guerre ou de chasse, son visage s'anime, ses yeux lancent des éclairs, et ses
narines se dilatent comme pour respirer à longs
traits l'odeur de la poudre et du sang ; car, pour lui,
la chasse c'est l'agonie de la victime dont les faucons
déchirent les yeux et la tête ; la guerre, c'est l'action
de couper le cou de l'ennemi vivant.

Avec ces instincts féroces qui sont le propre de la
sauvagerie, Abdallah possède une âme sensible, un
cœur aimant.

Son intérieur se compose d'une vieille mère, qu'il
aime et qu'il respecte, ce que ne font pas la plupart
des Arabes, de trois enfants qu'il adore, et d'une
jument née le jour où mourut sa femme et à laquelle
il a donné son nom.

Depuis cette époque, non-seulement il a résisté
aux instances de sa mère qui voulait le remarier,
mais encore il porte et m'a assuré qu'il portera jusqu'à sa mort le deuil de sa femme.

Afin de juger de ce qu'a de pénible le deuil des
Arabes, accoutumés à des ablutions journalières, il
faut savoir qu'il consiste à ne plus laver ni son corps
ni ses vêtements.

Quand j'ai connu ce brave homme, sa femme
était morte depuis six ans, c'est vous dire que sa personne et ses burnous ne respiraient pas un air de
grande propreté ; mais l'intérêt que m'inspirait
son caractère me faisait passer outre et le bien

accueillir toutes les fois que j'allais dans sa tribu.

Au mois de mai 1850, je procédais à la percep-
tion des impôts dans le pays qu'habite Abdallah.
Dès qu'il apprit mon arrivée, il s'empressa de me
faire sa visite et me demanda la permission de venir
tous les jours dans mes moments de loisir.

Comme j'avais beaucoup de plaisir à entendre ses
récits de guerre et de chasse, je ne lui cachai point
que je le recevrais volontiers, et j'appris le lendemain qu'il s'était installé sous la tente de mes spahis
pour la durée de notre séjour.

Un soir où j'étais désœuvré et où quelques chefs
indigènes se trouvaient réunis sous ma tente, je fis
appeler Abdallah pour lui faire raconter une des
anecdotes de son répertoire. Après avoir échangé
les saluts d'usage avec mes hôtes, qui étaient de ses
amis, et s'être enquis de ce que je désirais de lui,
Abdallah se recueillit un instant, puis il prit la parole en ces termes :

— Dans le courant de l'année où Alger tomba au
pouvoir des chrétiens, nous eûmes, mon cousin
Lakdar et moi, l'idée de mystifier un cheik des Ou-
led-Bou-Ghanem, notre voisin, qui, quoiqu'un
homme de rien, se permettait, disait-on, d'élever et
d'affaiter [1] des faucons.

A cet effet, nous prîmes deux jeunes aigles dont

---

[1] Terme de fauconnerie, signifiant dresser des faucons à la chasse.

nous avions connaissance dans leur aire, et nous les
dressâmes à chasser les faucons niais [1] que nos pâ-
tres nous apportaient chaque jour.

Lorsque nous jugeâmes nos oiseaux suffisamment
affaités et accoutumés au bruit des hommes et des
chevaux, nous envoyâmes un de nos affidés auprès
des gens du cheik, afin de savoir où et quand il
commencerait ses chasses.

Ayant appris le lieu et le jour désignés, nous partîmes, Lakdar et moi, avant la pointe du jour, poussant devant nous l'âne qui portait nos aigles encapuchonnés et quelques faucons pour les rappeler au
besoin.

Le cheik et les siens n'arrivèrent que longtemps
après nous près de l'*Oued-Mellëgh,* où ils devaient
chasser l'outarde. Les tamarins qui bordent le ruisseau nous permettant de suivre la chasse sans être
aperçus, nous réglâmes notre marche sur celle des
chasseurs.

Bientôt une compagnie d'outardes s'envola devant les cavaliers qui battaient la plaine; quatre faucons furent successivement lâchés, et une outarde
fut à l'instant séparée et vigoureusement attaquée.

Nos aigles, délivrés de leur capuchon, ne tardè-
rent pas à apercevoir la chasse, vers laquelle ils prirent leur vol, d'abord lourdement et en suivant une

---

[1] On appelle *niais* les faucons pris dans leur nid, et *hagards* les faucons adultes.

ligne droite, puis avec plus de vitesse et en tirant
des bordées qui les rapprochaient peu à peu à mesure qu'ils s'élevaient.

Après avoir attaché notre âne à un tamarin, nous
remontâmes le cours du ruisseau afin de mieux suivre l'action.

L'outarde, séparée de la compagnie, et, comme
je l'ai dit, vigoureusement attaquée par les quatre
faucons réunis, n'avait d'autre moyen de salut que
de les maintenir au-dessous d'elle.

A cet effet, elle s'était élevée verticalement à une
hauteur telle, que nous l'apercevions grosse comme
un pigeon, tandis que les oiseaux acharnés après
elle, tantôt nous apparaissaient comme des saute-
relles, tantôt disparaissaient tout à fait.

Les deux aigles, une fois arrivés dans ces hautes
régions, se confondirent tellement avec la chasse,
que bientôt il nous fut impossible de les distinguer
des autres oiseaux.

Le cheik et ses cavaliers étaient arrêtés dans la
plaine, les yeux fixés vers le ciel, attendant comme
nous l'issue de cette lutte aérienne.

Tout à coup, il nous sembla entendre au loin des
cris perçants et répétés; peu de temps après, nous
pûmes voir un corps noir et grossissant à mesure
qu'il se rapprochait, tantôt se débattre vivement, tantôt descendre verticalement vers les régions basses.

Nous pûmes reconnaître alors nos deux aigles, les

ailes déployées, se laissant remorquer par le poids
de l'outarde, qui, les pattes pendantes et les ailes fer-
mées, tombait vers la terre sans donner aucun signe
de vie.

Nos regards cherchèrent en vain les faucons du
cheik, ils avaient disparu. Toute notre attention se
porta alors du côté des cavaliers.

Au moment où l'outarde et les aigles tombèrent
en sifflant au milieu du large cercle formé par le
cheik et les siens, un long cri de trahison vint nous
glacer de terreur.

Nous nous rappelâmes, mais trop tard, que, dans
la précipitation avec laquelle nos oiseaux avaient été
lâchés, l'entrave était restée aux pieds de l'un d'eux.
Plusieurs hommes avaient mis pied à terre et dispo-
saient leurs burnous de façon à prendre les aigles
sans en être blessés.

Il ne nous restait plus qu'à fuir ; c'est ce que nous
fîmes de toute la vitesse de nos jambes, sans penser
à notre âne, qui, cependant, devait me sauver la vie
ce jour-là.

Il y avait près d'une heure que nous courions toujours en remontant le cours du ruisseau et sans sortir des arbres qui le bordent, lorsque nous aper-
çûmes quatre cavaliers à deux cents pas derrière
nous, et plus loin le *goum* du cheik tout entier.

Tout ce monde arrivait sur nos traces au trot et
au galop.

Il n'y avait plus de fuite possible. nous cherchâmes à nous dérober à leurs yeux.

Lakdar choisit une touffe de tamarins et de ronces ; quant à moi, je descendis vers le lit du ruisseau dans lequel j'entrai avec de l'eau jusqu'au cou et la tête cachée par les herbes qui tombaient de la berge.

A peine étais-je installé dans ma cachette, que j'entendis les pas des chevaux et la voix d'un cavalier qui criait aux gens du cheik : — Venez de ce côté, nous sommes sur leurs traces! On voit leurs pas comme on voit le soleil. Ils sont deux fils de chien ensemble!

Un galop bruyant et les hennissements des chevaux échauffés par une longue course, m'annoncèrent l'arrivée du cheik et de tout son monde.

— Que dix hommes, dit le cheik en arrivant, se portent en avant jusqu'à ce qu'ils ne trouvent plus de traces. Alors seulement ils s'arrêteront, gardant militairement les deux rives. Vous autres, enfants, pied à terre, et suivez, le pistolet au poing, les pas de ces maudits que vous m'amènerez vivants si vous le pouvez.

Je compris à cet ordre que c'en était fait de Lakdar; ma position étant meilleure que la sienne, je conservai l'espoir de lui survivre pour le venger.

Seulement alors je m'aperçus que mes pieds enfonçaient dans la vase et que l'eau, qui d'abord cou-

vrait à peine mes épaules, commençait à mouiller
mes lèvres.

On dit que celui qui ne connaît pas la peur n'est
pas un homme; eh bien, moi, j'ai eu peur ce jour-
là, non pas tant des menaces de l'ennemi acharné à
notre poursuite, que de mourir noyé.

Je fus tiré de mes préoccupations personnelles
par un coup de feu suivi d'imprécations et de plusieurs autres coups de feu.

Mon cousin, se voyant découvert, avait déchargé
son pistolet sur le groupe qui l'entourait, et qui,
malgré la défense du cheik, n'avait pu s'empêcher
de riposter.

Quelques paroles que je pus saisir au milieu du
vacarme qui se faisait près de moi, me firent comprendre que Lakdar n'était pas mort et qu'on le
traînait vers le cheik.

N'y tenant plus et voulant, au risque de me faire
prendre, savoir ce qu'on allait faire de lui, j'allais
quitter ma retraite, lorsque deux hommes sautèrent
dans le lit du ruisseau.

— Voilà où il est descendu, dit le premier en
montrant mes pas sur le sable.

— Il entre ici, dit l'autre, en se portant sur le
bord de l'eau où je me tenais immobile à dix pas de
lui et le regardant à travers les herbes qui cou-
vraient ma tête.

— C'est singulier, continua le dernier qui avait

parlé, on ne voit plus de traces dans le lit du ruisseau. S'y serait-il fourré?

En ce moment, j'entendis marcher sur la berge
au-dessus de ma tête, et un homme dire à celui qui
se trouvait près de moi :

— Mohammed, le cheik m'envoie te chercher,
parce qu'aucun des cavaliers restés près de lui n'a
un couteau aussi bon que le tien.

— Pourquoi faire? répliqua celui-ci.

— Pour décapiter le chien que nous venons de
prendre, répondit l'envoyé.

La perspective de couper une tête d'homme l'emportant sur l'ardeur de la recherche à laquelle ils
s'étaient livrés jusqu'alors, fit que ces maudits s'é-
loignèrent aussitôt, ce qui me tira de la position la
plus épouvantable où je me sois trouvé de ma vie.

D'après ce que j'avais entendu, mon cousin allait
avoir la tête tranchée, et je ne pouvais rien pour le
secourir.

Persuadé que les hommes qui venaient de partir
reviendraient après l'exécution, et ne pouvant, sans
laisser de traces, chercher un autre abri, je résolus
de rester où je me trouvais.

Une racine que j'avais aperçue sous la berge, au-
dessus de ma tête, m'avait permis de m'y suspendre
un instant et de prendre une position qui ne présentait plus le même danger que la première.

Après avoir entendu les cris et les rires bruyants

excités par la triple exécution qui avait lieu derrière moi, il me sembla distinguer les pas des chevaux s'éloignant du ruisseau, puis je n'entendis
plus rien.

Le temps avait marché, et avec lui le soleil, qui
avait disparu au couchant.

Bientôt vint le crépuscule, et enfin je pus voir
quelques étoiles briller au ciel.

Je sortis alors doucement de ma retraite et montai
avec précaution sur la berge du ruisseau.

J'écoutai, je regardai; rien, aucun bruit, si ce
n'est le coassement des grenouilles; aucun être vivant, si ce n'est quelques chacals rôdant autour du
cadavre de Lakdar, que je trouvai horriblement mutilé et flanqué de nos deux aigles décapités comme
lui.

Après m'être assuré que j'étais bien seul, j'enve-
loppai le corps et la tête de mon cousin dans mon
burnous, et l'ayant chargé sur mon épaule, je me
dirigeai vers le fort où nous avions caché notre âne
le matin.

Je le trouvai à la même place, broutant l'herbe au
pied du tamarin qui le retenait. Je me servis de la
corde qui serrait ma tête pour attacher solidement
mon précieux fardeau, puis je coupai à travers la
plaine afin de gagner un sentier qui devait me faire
arriver à notre douar avant le jour.

Je marchais depuis environ quatre heures, sans

avoir fait aucune rencontre, toujours suivi par quelques chacals que l'odeur du sang alléchait, lorsque
mon âne s'arrêta tout court, dressant les oreilles et
tremblant de tous ses membres.

J'aperçus aussitôt deux yeux brillants comme des
charbons sur notre chemin et non loin de nous.

Habitué à ces sortes de rencontres, je m'empressai
de couper les liens qui retenaient le cadavre de
Lakdar sur le dos de l'âne; je le mis sur mon épaule
comme devant et pris à travers champs, laissant ma
pauvre bête clouée par la peur sur le chemin.

Quand j'eus marché environ cent pas, j'entendis
comme la chute d'un corps lourd qui est violemment jeté à terre, puis une espèce de râlement, puis
plus rien.

Le lion ayant accepté le sacrifice que je venais de
lui faire, je me rassurai sur mon propre compte et
regagnai, en faisant un grand circuit, le sentier que
j'avais quitté.

Peu de temps après, je rencontrai quelques cavaliers de nos parents qui allaient à notre recherche.

Après m'avoir entendu leur raconter ce qui s'était
passé depuis le matin, ils voulurent aller à l'instant
même venger la mort de Lakdar.

Je leur fis comprendre qu'ils n'étaient pas en
nombre suffisant, que nous ne pouvions laisser là
le corps de notre ami, et enfin que j'étais sans armes
et à pied.

Un cavalier mit le burnous qui contenait les restes de Lakdar en travers de sa selle, un autre me prit en croupe, et nous regagnâmes le douar avant que personne fût debout.

Le soir du même jour, à l'heure du souper, cinquante cavaliers choisis et de chacun desquels on pouvait dire : *C'est un tel*, arrivaient au pas de leurs chevaux et mettaient pied à terre près de la smala du meurtrier de Lakdar.

Il y avait grande réjouissance chez le cheik, en l'honneur de l'exécution du matin. Le couscoussou venait d'être servi, nous arrivions fort à propos.

Les chiens ayant donné l'éveil à notre approche, nous fûmes abordés par quelques serviteurs qui se montrèrent étonnés de voir tant de convives arriver à la fois.

Pendant que dix cavaliers étranglaient ces maudits avec les cordes de chameau qui entouraient leurs têtes, les autres arrivaient devant la tente du cheik et sabraient la valetaille et les invités de bas étage dont la place était dehors en attendant les restes du dîner.

Jusque-là, j'avais laissé faire mes compagnons et ne m'étais occupé que de rechercher le cheik, que je voulais tuer de ma main.

Les abords de la tente une fois déblayés, je m'élançai le premier dans l'intérieur, où se tenaient assis en cercle, dans une immobilité complète, une douzaine de grands avec le cheik.

Un quart d'heure après, leurs têtes étaient rangées avec ordre autour du plat de couscoussou encore fumant, et les cinquante cavaliers rentraient dans leurs douars respectifs, poussant devant eux un immense troupeau et chargés d'un butin considérable.

Tout cela s'était passé sans un coup de fusil et presque sans bruit, de sorte que les douars voisins de la smala du cheik apprirent notre coup de main trop tard pour le secourir.

Depuis ce jour, jusqu'à l'arrivée des Français, qui ont mis un terme aux hostilités, bien des têtes sont tombées sur la limite des deux tribus; mais jamais on n'y a vu d'autres faucons que les nôtres.

Comme on peut en juger par ce récit, les nobles et les guerriers ont, en Algérie, le monopole de la chasse au vol, et il n'est pas permis au premier venu de la pratiquer.

Les tribus chez lesquelles on rencontre des oiseleurs émérites sont : les Zmouls, les Righa, les Amers de Sétif, et les Arabes nomades qui prennent leurs quartiers d'hiver dans le Sahara et viennent passer les trois autres saisons sur les hauts plateaux qui avoisinent Constantine.

Il est rare que les Arabes gardent les faucons dont ils se sont servis pendant la saison des chasses. Le

plus souvent, ils les lâchent à la fin de février pour
en reprendre d'autres au commencement de l'automne.

Dans quelques tribus, on se sert du faucon *niais;*
cet oiseau est plus facile à apprivoiser et à dresser,
mais il est moins courageux et plus sujet à des maladies que le faucon *hagard*. On prend celui-ci à la
fin de l'été et de la manière suivante :

Après avoir remarqué le rocher ou les ruines dans
lesquels le faucon a l'habitude de passer la nuit, un
cavalier arrive le matin, de bonne heure, porteur
d'un pigeon ou d'une perdrix, dont le corps est enveloppé d'un filet dans lequel se prend le faucon par
les serres, lorsqu'il fond sur l'appât que le cavalier
a lâché devant lui.

Les Arabes connaissent plusieurs espèces de faucons, qu'ils distinguent par des noms propres à chaque espèce. Quel que soit d'ailleurs le genre auquel
l'oiseau appartient, la manière de le dresser est in-
variable. L'éducation du faucon adulte étant beaucoup plus difficile que celle du faucon niais, nous
ne parlerons point de cette dernière.

Dès que le cavalier chargé de prendre le faucon
l'a vu fondre sur l'appât, soit en l'air, soit à terre,
il s'empresse d'arriver et de le prendre avant qu'il
ait pu déchirer le filet qui retient ses serres.

Séance tenante, il lui met le capuchon, qui a
pour objet de l'empêcher de voir, et des entraves

11

auxquelles est attachée une corde de quatre ou cinq
pieds pour l'empêcher de fuir.

Cette besogne terminée, le cavalier rentre au
douar portant le faucon sur son épaule ou sur sa
tête, sans que celui-ci pense à s'envoler, tant la perte
de la vue l'a rendu timide.

En arrivant sous la tente, l'oiseau est placé sur
un perchoir d'un pied de haut, rembourré de drap
pour préserver ses griffes. C'est là que commence
l'affaitage ou l'action de dresser l'oiseau. Il s'agit,
avant tout, de l'habituer à la vue des hommes, des
chevaux et des chiens, à se laisser mettre et enlever
capuchon et entraves, à prendre enfin à la main la
nourriture qu'on lui offre.

Il est très-peu de faucons qui n'opposent une
grande résistance ; il en est qui refusent toute nourriture pendant plusieurs jours ; d'autres se défen-
dent du bec et des serres quand on les touche ; il en
est enfin qui sont tellement intraitables qu'il faut
renoncer à les apprivoiser. Une chose très-remarquable, c'est que les meilleurs à la chasse sont ceux
qui se sont montrés les plus sauvages pendant leur
éducation.

Le moyen le plus sûr de dompter le faucon est la
privation de lumière et de nourriture pendant plusieurs jours. On les habitue ensuite à sauter du perchoir à terre et plus tard sur le poing, pour y prendre leur nourriture. Lorsqu'ils sont suffisamment

accoutumés à la vue des hommes et des chevaux,
on leur présente l'animal ou l'oiseau qu'on veut leur
faire chasser, en leur permettant de manger un peu
de sa chair après qu'ils l'ont tué.

La curée chaude est, aux yeux des Arabes, la meilleure leçon pour préparer les oiseaux. On a vu des
faucons, auxquels la privation de nourriture et de
lumière n'avait rien enlevé de leur sauvagerie, de-
venir tout à coup les amis de l'homme qui leur donnait soit un lièvre, soit une perdrix à tuer, en les
laissant se repaître de sa chair.

Lorsque les faucons attaquent franchement l'animal qu'on leur présente au perchoir, on répète cette
leçon à cheval.

A cet effet, on s'en va dans une plaine après s'être
muni de plusieurs lièvres ou de plusieurs perdrix,
selon que les oiseaux sont destinés à l'une ou à l'autre de ces chasses. Dès qu'on a trouvé un endroit
parfaitement découvert, on s'y arrête. Les faucons,
couverts de leurs capuchons et armés de leurs entraves, sont portés par les cavaliers sur l'épaule ou
sur la tête. Quand on se prépare à les lancer, on les
place sur le poing du bras gauche ganté à la crispin.

La leçon se donne d'abord isolément : pendant
qu'un cavalier met en liberté une perdrix dont on a
rogné les ailes, ou un lièvre qui n'a que trois pattes,
l'oiseleur décapuchonne un oiseau. Il est facile de
comprendre que cette épreuve doit fixer l'opinion du

fauconnier sur le talent de ses élèves qui, privés de
lumière et de liberté depuis un mois, se trouvent
tout à coup libres et en rase campagne.

Il arrive quelquefois que le faucon ne prête aucune attention au lièvre qui court ou à la perdrix qui
vole; dès qu'il a compris qu'il est libre, il reprend
avec des cris de joie la liberté qu'on lui avait ravie.
De tels oiseaux ne sont jamais regrettés par les vrais
connaisseurs.

Il faut dire que, le plus souvent, au contraire, dès
qu'il est décapuchonné, le faucon, s'il aperçoit le
lièvre ou la perdrix, ne pense pas à recouvrer son
indépendance, mais d'abord à assouvir ses instincts.
Il fond bravement sur sa proie qu'on lui fait tuer,
puis il se laisse prendre et remettre capuchon et entraves.

Pour qu'il soit un faucon bien affaité, il suffira
maintenant de lui apprendre à obéir à la voix du fauconnier lorsqu'il le rappelle. On se sert pour cela
d'une peau de lièvre empaillée, appelée *leurre*.

Après que le faucon a tué l'animal lâché devant
lui, le fauconnier s'avance en lui présentant le leurre,
qu'il a dû lui faire connaître déjà, et en l'appelant
d'une façon particulière.

Cette manœuvre a pour but de faire venir l'oiseau
sur son poing ou sur son épaule. Si l'animal reste
sourd à l'appel qui lui est fait, le fauconnier met
pied à terre, s'approche de l'oiseau et lui présente

le leurre en lui laissant voir quelques morceaux de chair qui ne manquent jamais de l'attirer à lui.

Lorsqu'un faucon, soit qu'il s'écarte en chassant, soit qu'il s'acharne sur sa proie, connaît bien le leurre, il est regardé comme propre *à voler*, c'est-à-dire que son éducation est terminée.

Comme je n'ai pas eu l'intention de publier un traité de fauconnerie, je renvoie le lecteur désireux de connaître les soins à donner aux faucons aux auteurs français et étrangers qui ont écrit tout ce qu'un fauconnier doit savoir pour tenir un vol en bon état.

Je dois pourtant constater un fait qui pourra être utile à ceux qui pratiquent ou voudraient pratiquer cette chasse.

D'après les auteurs qui ont écrit sur la fauconnerie, les faucons, en Europe, sont sujets à une foule de maladies, souvent mortelles, malgré les soins qui leur sont donnés. Il n'en est pas ainsi en Algérie, où les mêmes cas sont très-rares. Je crois qu'il y a trois raisons qui expliquent et causent cette supériorité du faucon africain.

La première est que les Arabes ne se servent presque jamais que de faucons adultes. La seconde est qu'ils leur rendent leur liberté avant l'époque de la mue. La troisième, enfin, est qu'au lieu d'être enfermés, les oiseaux suivent leurs maîtres dans les voyages, portés sur l'épaule, et que quand la tribu a pris son campement, on leur permet de passer la journée sur le perchoir ou autour du perchoir, en dehors de la tente, sous laquelle ils ne rentrent qu'à la nuit.

C'est ordinairement au mois de décembre que l'éducation des faucons est terminée et qu'ils commencent à voler. Les Arabes du nord chassent le lièvre et la perdrix ; ceux du sud le lièvre et l'outarde.

Rendez-vous ayant été pris pour chasser le lièvre, le maître du vol quitte sa tente, suivi des oiseleurs et des cavaliers de son service. A son arrivée au rendez-vous, les invités qui s'y trouvent viennent lui baiser la main, puis ils montent à cheval.

Sur un signal du chef, les oiseleurs se portent en avant, marchant sur une seule ligne, tandis que les cavaliers se déploient en tirailleurs, au galop, sur les flancs. Le maître du vol et les grands qui l'accompagnent suivent les oiseleurs.

Après que les cavaliers déployés sur les côtés ont pris leurs distances, qui sont ordinairement de dix à quinze mètres, ils font face en tête, passent au pas et marchent droit devant eux en réglant leurs allures, savoir : les plus rapprochés des oiseleurs, sur celles de ces derniers, qu'ils ne doivent jamais dépasser ; et les autres, sur les premiers cavaliers des deux extrémités des ailes de droite et de gauche qui se portent en avant de la ligne pour y maintenir la chasse.

Dès qu'un lièvre est sur pied, l'éveil est donné par celui qui l'a aperçu le premier, et chacun manœuvre de façon à former le cercle. En même temps les faucons sont décapuchonnés et le mieux affaité est lâché le premier.

Une fois libre, l'oiseau s'élève en tournoyant au-dessus du cercle formé par les cavaliers, l'oiseleur suit au galop la direction du lièvre et appelle son faucon jusqu'à ce qu'il le voie fondre ou planer : il fond sur le lièvre qui fuit, il plane sur celui qui se rase.

Dans les plaines peu couvertes, les lièvres éprouvent une telle crainte à la vue du faucon, que, le plus souvent, ils se rasent en l'apercevant. Dans l'un et l'autre cas, tous les oiseaux sont successivement lâchés pour qu'ils rallient l'oiseau de tête.

C'est un spectacle plein d'attrait que celui de ces faucons fondant tour à tour sur le lièvre, qu'ils frappent de leurs serres sans s'arrêter, tandis que les cavaliers agitent leurs burnous en signe de joie et poussent des hourrahs à faire mourir de peur de plus braves qu'un lièvre.

Que le lièvre coure ou se rase, l'oiseau ne s'attache à lui que lorsque, étourdi par les coups qu'il a reçus, il ne donne plus signe de vie. C'est alors que, sur l'ordre du maître, les faucons sont repris, encapuchonnés, et que la chasse recommence.

Comme, une fois repus, les oiseaux deviennent paresseux, il est d'usage de ne les laisser s'acharner que sur le dernier lièvre pris ; alors on leur permet de prendre curée, afin de les encourager pour les chasses qui doivent suivre celle de l'ouverture.

Il arrive quelquefois que le lièvre, apercevant le faucon, se réfugie sous le ventre des chevaux, et que l'oiseau le poursuit jusque-là. La chasse devient alors pleine d'attrait et surtout très-bruyante.

Le faucon ne pouvant frapper sa proie qu'en fondant sur elle dans une direction verticale, le cheval lui fait obstacle; il exprime alors sa colère par des cris aigus, en manœuvrant tantôt au-dessus, tantôt autour du cheval protecteur.

Le cavalier a beau se porter à droite, à gauche, en avant, en arrière : quelle que soit sa direction ou son allure, le pauvre lièvre s'attache à ses pas et ne le quitte plus.

Lorsque le maître a assez joui de l'agonie de l'animal chassé, un cavalier met pied à terre, le prend à la main, et le porte au milieu du cercle, en le montrant aux faucons, qui suivent avec impatience ce dernier acte du drame.

S'étant assuré que les oiseaux sont là, au-dessus de sa tête, il leur montre de nouveau le lièvre, qu'il jette aussi loin qu'il le peut. A peine est-il arrivé à terre, avant qu'il ait pu se reconnaître, un oiseau fond sur lui, le frappe de ses serres, et tous viennent à la fois donner le coup de grâce au pauvre animal.

Les Arabes volent la perdrix de la même manière. Seulement, au lieu de former le cercle, ils galopent sur une seule ligne en suivant la manœuvre des fau-

Un lion avait étranglé un cheval au fond d'un ravin.

cons. Cette chasse est loin d'offrir le même attrait
que celle du lièvre ; aussi les indigènes la pratiquent
rarement.

La chasse la plus intéressante pour les Arabes et
pour les Européens, celle qui fait voir tout ce qu'il
y a de courage chez le faucon, est la chasse à l'outarde.

Comme je l'ai dit plus haut, les tribus du sud sont
les seules ayant le privilége de voler cet oiseau, qui
ne vient point dans les régions trop froides des hauts
plateaux.

Les chefs indigènes qui possèdent un vol pour
l'outarde déploient dans leurs chasses un luxe de
chevaux et de gens qui ajoute à leur intérêt. Il n'est
pas rare de voir une réunion de deux à trois cents
cavaliers dans une chasse.

On rencontre l'outarde en deçà ou au delà des
montagnes qui séparent le-Tell du désert, mais le
plus souvent au delà. Cet oiseau se trouve ordinairement par compagnies de dix à trente. Comme il se
laisse facilement approcher par les cavaliers, ceux-ci
se déploient dans la plaine sur une immense ligne,
précédés des oiseleurs, qui marchent de front et à de
grands intervalles.

S'il arrive que des outardes s'envolent à de grandes distances, on se contente d'observer leur remise,
et l'on continue à marcher jusqu'à ce qu'on en voie
une compagnie à terre ou qu'elles s'envolent de très-

près. Dans les deux cas, un ou deux faucons, répu-
tés les meilleurs, sont lâchés.

Dès que les outardes qui sont posées aperçoivent
le faucon planant au-dessus d'elles, elles se rasent à
la manière du lièvre et attendent que les oiseaux
chasseurs aient choisi leur proie.

Après que ceux-ci ont fondu deux ou trois fois sur
une outarde, les autres s'envolent et celle-là se laisse
tuer sur place. Comme on le voit, ces rencontres
n'offrent pas grand intérêt; aussi les Arabes font-ils
tout ce qu'ils peuvent pour que l'outarde n'attende
point les faucons.

Dans ce dernier cas, c'est-à-dire lorsque les oiseaux
sont lâchés sur des outardes qui ont pris leur vol,
on voit d'abord l'oiseau chassé se mêler à la compagnie pour donner le change, puis se séparer d'elle
lorsqu'il est serré de près, et monter verticalement
pour conserver le dessus.

C'est ordinairement lorsqu'une outarde est séparée que les oiseleurs lâchent tous les autres faucons.

La chasse acquiert alors un immense intérêt.

Tous les cavaliers, jusqu'alors disséminés dans la
plaine, rallient au triple galop et viennent se grouper autour de leur chef.

La lutte est ordinairement très-longue, et l'outarde n'est portée à terre que lorsque les faucons ont
pu prendre le dessus, s'attacher à elle, et lui casser

une aile ou lui crever les yeux. Alors, au milieu du cercle formé par les cavaliers, tombent ensemble outarde et faucons, et quelquefois ceux-ci sont tués dans la chute.

Il arrive aussi que l'outarde, au lieu de monter verticalement après qu'elle a été séparée de la compagnie, prend un grand parti droit devant elle et entraîne à sa suite faucons et cavaliers.

Le plus souvent un faucon parvient à s'attacher à elle, et, chemin faisant, réussit à la porter bas en lui cassant une aile; mais il arrive quelquefois qu'après plusieurs heures de course au clocher, le maître donne le signal de la retraite, laissant aux oiseleurs le soin de suivre la chasse pour ne pas perdre tout son vol.

J'ai entendu raconter un fait qui prouve combien sont grandes la force et la vitesse de l'outarde et du faucon.

Dans le courant de l'hiver dernier, des Arabes du Ferjioua, ayant pris une outarde et un faucon qui venaient de tomber devant eux, portèrent l'un et l'autre au cheik du pays. Celui-ci, s'étant renseigné, apprit que ce faucon appartenait à un chef du sud qui chassait dans la plaine de El-Outaïa le jour où son faucon tuait l'outarde au Ferjioua. Or il n'y a pas moins de cinquante lieues à vol d'oiseau de El-Outaïa, où l'outarde était attaquée à midi, au Ferjioua, où elle était portée bas à quatre heures.

J'ai parlé, au commencement de ce chapitre, d'un nommé Mabrouk, qui était le fauconnier le plus passionné que j'aie jamais connu.

Cet homme, qui est mort depuis deux ans, ne chassait que l'outarde.

Lorsque ses oiseaux s'étaient bravement conduits dans une chasse, il ne permettait pas aux oiseleurs de les toucher.

Après les avoir tous bien embrassés en les appelant par leurs noms, il les plaçait sur son épaule et sur sa tête, puis il remontait à cheval, emportant ainsi jusqu'à sa tente ce qu'il appelait sa chère famille.

Cette passion allait si loin que, quoique réputé assez bon père, il aimait mieux ses faucons que ses femmes et ses enfants, et, qu'avant de mourir, ses dernières caresses, ses derniers regrets furent pour les premiers.

Après la mort de Mabrouk, son fils aîné, suivant les dernières volontés de son père, rendit la liberté à tout le vol, qui eut l'ingratitude d'en profiter.

On rencontre en Algérie des chefs arabes qui entretiennent un vol sans jamais s'en servir.

Pour eux, c'est un accessoire obligé du luxe qui prouve la fortune, la grandeur, et frappe les masses.

Lorsqu'il voyage, le chef se fait précéder ou suivre de ses faucons portés par de beaux cavaliers bien montés, richement armés et équipés.

L'ensemble de cette troupe respire en effet un air de bonne maison qui frappe autant les Européens que les indigènes.

On voit ces derniers, lorsqu'ils rencontrent un chef arabe voyageant de la sorte, mettre pied à terre et aller lui baiser le genou sans le connaître. C'est un hommage du faible au fort, du pauvre au riche, du roturier au noble.

CHAPITRE X.

Si vous êtes chasseur, il vous est arrivé plus d'une
fois, après un bon dîner avec de joyeux convives,
alors que chacun tue, massacre depuis la caille jusqu'au sanglier; il vous est arrivé, dis-je, d'avoir exprimé le désir de vous trouver en face d'un ennemi
plus noble, plus dangereux que les hôtes de nos forêts de France, et vous avez dit, comme les autres :
Je voudrais bien tuer un lion : peut-être même êtes-
vous allé plus loin que pas un, en disant : Je tuerais
bien un lion!

Eh bien! voulez-vous, en effet, essayer d'immoler
quelques-unes de ces intéressantes bêtes? Si ce désir
est dans votre cœur et non pas sur vos lèvres, je puis
vous satisfaire en vous livrant mon secret.

Mais, d'abord, voyez si ce ne serait point chez vous
une simple fantaisie, consultez-vous bien, et si vous
êtes sûr de vous, touchez là.

Vous êtes jeune, vigoureux, vous avez bon jarret,

bon pied et bon œil ; ces conditions physiques sont indispensables ; vous avez l'amour du beau avec une volonté de fer, voilà pour le moral.

Si vous n'êtes pas à Paris, allez-y, cherchez Devisme, l'arquebusier, commandez-lui une carabine à deux coups, canons superposés ; dites-lui l'usage que vous voulez en faire, il saura que cette arme doit réunir trois conditions essentielles : solidité, précision et pénétration.

Réglez la carabine avec Devisme, et lorsque vous serez parvenu à marier vos balles à trente pas, tenez-la pour bonne. Ajoutez à la carabine un pistolet qui réunisse les mêmes conditions qu'elle ; tenez surtout la main à la pénétration de ce dernier, que vous chargerez, comme la carabine, avec des balles coniques à pointes d'acier.

Le pistolet que je vous recommande, je l'ai abandonné dès les premiers temps, parce qu'il n'était ni assez juste ni assez pénétrant ; chez Devisme vous l'aurez tel qu'il le faut.

Vous devez avoir deux tenues ; l'une pour l'hiver, bien chaude ; l'autre pour l'été, légère, mais pouvant résister aux broussailles, aux épines dont les bois que vous aurez à parcourir sont remplis.

Si j'étais certain que vous viendrez prochainement, je vous dirais : Débarquez à Philippeville, prenez la diligence qui mène à Constantine, où vous arriverez le soir, adressez-vous au bureau arabe pour

avoir de mes nouvelles; si je suis dehors, ce qui est
probable, vous attendrez mon retour en faisant des
études sur votre carabine; si je suis présent, nous
prendrons ensemble des dispositions pour nous mettre en campagne.

Vous devez vous dire : Voilà un gaillard bien impatient d'avoir un compagnon dans ses chasses aven-
tureuses. Eh bien, monsieur et frère en saint Hubert, vous vous trompez; ce n'est pas un associé que
je cherche, mais bien un successeur.

Hélas! oui, je donne ma démission; les jambes ne
vont plus, la carabine pèse à la main, la poitrine est
oppressée en montant le plus petit ravin, les yeux seuls
sont restés bons. Toute la machine a péri au champ
d'honneur; puissiez-vous en dire autant un jour!
Mais j'irai jusqu'au bout quand même, trop heureux
si saint Hubert m'accorde la faveur de mourir sous
la griffe et la gueule du lion.

En attendant que ce vœu soit exaucé, comme je
ne puis répondre à tous les appels qui me sont faits
par tous les Arabes, et que je dois choisir le temps
et la saison pour ménager le peu de santé qui me
reste, je serais heureux de trouver un successeur.
Heureux, entendez-vous, de l'initier aux secrètes
manœuvres, aux habitudes nocturnes, au caractère
noble du lion, que personne ne connaît.

Le chercher, l'attendre, le rencontrer, le combattre toujours et partout, la nuit, le jour : voilà, frère,

ce que je veux vous apprendre, non pour dire : Cet homme est mon élève, mais parce que la chasse au lion faite par un seul homme et franchement a été apportée en Algérie par la conquête des Français et qu'il ne faut pas laisser tomber les bons exemples.

Les Arabes sont courageux. Ils nous regardent du haut de leur grandeur avec un dédain insupportable. Je ne sais pas s'ils ont tort ou raison. La bravoure a tant de couleurs, que chacun la définit à sa manière et que chacun veut avoir une couleur de bravoure.

Ce que les Arabes redoutent le plus après Dieu, c'est le lion. Pour le détruire, ils emploient ordinairement la ruse; l'attirant, comme nous l'avons décrit plus haut, dans une fosse où ils l'assassinent. Ils l'assassinent encore, cachés derrière l'affût solidement construit sous terre qu'ils appellent *melbeda*, ou du haut d'un arbre où ils sont montés. Rarement ils l'attaquent franchement, et lorsqu'ils le font, c'est une bataille où la victoire coûte cher, quand victoire il y a; mais jamais un Arabe, seul ou accompagné, n'a osé marcher au-devant du lion ou l'attendre sans abri *la nuit*.

L'orgueil insolent de ces hommes s'est abaissé par le fait d'un Français; ils ont été humiliés par la volonté heureuse d'un ennemi leur imposant le respect qu'ils refusaient à lui et aux siens.

Je voudrais qu'il y eût dans la province de Constantine une poignée d'hommes d'élite, pris dans l'armée ou ailleurs, pour se livrer à la chasse du lion; ces hommes, rétribués en raison de leurs fatigues et sûrs d'une récompense honorable en cas de blessures graves, ces hommes, dis-je, rendraient un service immense dans ce pays où il faut parler aux yeux.

Je serais heureux et fier de commander cette petite troupe et de la diriger dans l'accomplissement d'une mission qui profiterait à la nouvelle et à l'ancienne France. Aurai-je cet honneur? j'en doute. C'est plus difficile que d'avoir un successeur; car, dans ce second cas, il ne faut qu'un noble cœur, qu'une nature d'élite qui se dévoue; certes, notre pays ne manque pas de ce produit-là.

N'attendez donc pas plus longtemps; venez tandis que je suis encore de ce monde, nous marcherons côte à côte comme deux frères, et, au moment du danger, je serai là. Si le lion est plus fort que nous, je tomberai le premier et ma chute vous servira de leçon.

Si vous arrivez trop tard, écoutez les leçons du maître.

Vous êtes muni des armes dont il est parlé plus haut et vous avez fait connaissance avec elles. Partez de France au mois d'avril, vous aurez devant vous six mois de bon temps.

Il ne faut pas chasser l'hiver, je vous le défends; ce sont les hivers qui m'ont vieilli à trente ans. Vous ferez bien tous les ans, et je vous le conseille, d'aller vous retremper pendant trois mois à l'air et au régime du pays natal.

Partez donc aux premiers jours d'avril, débarquez à Bône, présentez-vous en arrivant au bureau arabe, déclinez votre nouvelle profession et priez le chef militaire de vous accorder l'autorisation de parcourir les tribus de la subdivision et de vous mettre en relation avec les chefs de ces tribus.

Voici ce qui vous arrivera : les tribus étant responsables de tous les meurtres qui se commettent sur leur territoire, les Arabes, craignant que le lion ne vous croque ou que les maraudeurs ne vous tuent, auquel cas votre mort retomberait sur eux, les Arabes se laisseraient manger jusqu'au dernier plutôt que de venir réclamer votre assistance.

En outre, la présence d'un chrétien au milieu d'eux leur étant insupportable, ils n'auraient garde de venir vous chercher, et, ne pouvant tout d'abord leur prouver que vous ne serez ni étranglé par le lion ni assassiné par les rôdeurs de nuit, vous n'avez qu'un moyen de réussir à faire le premier pas.

Il faut entrer en relation avec un kaïd qui ait sous son commandement des montagnes fréquentées par les lions, lui faire assidûment votre cour et l'attirer par quelques présents. S'il consent à vous emmener dehors, et il y consentira si vous êtes généreux en-

vers lui, achetez un cheval de montagne pour vous
et un mulet pour vos bagages.

Si vous tenez à bien vivre, faites vos provisions en
conséquence; si vous êtes sobre, et c'est une bonne
condition pour réussir, n'emportez que du café et
du tabac.

Gardez-vous du vin et des liqueurs, vous vous fe-
riez mal voir partout, et puis, l'eau de la montagne
est si claire et si bonne, que bientôt vous ne regrette-
rez pas le vin.

Vous trouverez facilement à Bône un gamin qui
parlera arabe pour vous et français avec vous, vous
le mettrez sur vos bagages.

Avant de partir, faites connaître au chef du bureau arabe le kaïd avec lequel vous vous embarquez
et le pays que vous comptez parcourir. Cet officier
vous donnera un laisser-passer que vous présenterez
aux chefs arabes que vous ne connaîtrez pas. Dans
la subdivision de Bône, vous avez le choix entre les
cercles de Bône, la Calle, l'Edough et Ghelma.

A Bône, il y a les Beni-Salah qui ont des lions,
mais trop de maraudeurs, la Calle également; si vous
commenciez par là, vous seriez tué dans la première
quinzaine. Les bas coteaux au sud de l'Edoug, près
de la maison du kaïd, sont bons.

Le pays situé au sud et à l'ouest du camp de
Dréan est également bon.

Si l'on vous assure qu'il y a du lion dans une de

ces contrées, partez avec un kaïd ou un cheik, té-
moignez le désir de placer votre tente le plus près
possible du repaire supposé, à une centaine de pas
en amont du douar; je dis à une centaine de pas
des tentes arabes, parce que vos yeux ne doivent pas
voir les femmes du douar; j'ajoute en amont, parce
que les maraudeurs qui, toutes les nuits, quand il
n'y a pas de clair de lune, rôdent autour des douars,
viennent de préférence par le bas ou l'aval, d'où ils
sont moins en vue, et si vous étiez là, malgré la
garde qui veille sur vous, il pourrait vous arriver
malheur, ne serait-ce que pour gagner une petite
place en paradis ou pour mettre la tribu qui vous a
reçu dans l'embarras.

Et maintenant que vous voilà installé au milieu
des Arabes, sachez comment il faut vous y gouverner.

A peine votre tente sera-t-elle dressée, que vous
aurez déjà des visites. Ne vous y trompez pas, ce sont
des curieux qui viennent vous voir pour savoir si
vous êtes fait comme les autres. Leur visite n'a pas
d'autre motif. Ils sont là, accroupis autour de vous,
vous regardant comme des imbéciles. N'y prêtez aucune attention. Quelques-uns viendront vous dire :
« Sois le bienvenu; » répondez-leur sans rire, par
un signe de tête qui veut dire : C'est bien. Soyez
muet, si vous le pouvez, ou tout au moins ne parlez
que lorsqu'il le faudra absolument.

L'homme duquel on peut dire qu'il est bavard

est déconsidéré chez les Arabes. Il est permis d'être
bête, d'être stupide, il est honorable d'être voleur et
assassin; mais il est honteux d'être bavard.

Ils ne manqueront pas de vous accabler de questions sur vos projets dès qu'ils les connaîtront; tenez-
vous sur vos gardes. Répondez à peu de demandes
et toujours avec modestie.

Ils vous diront : — Est-ce pendant le jour ou pendant la nuit que tu chasses le lion?

Vous répondrez : — Le jour et la nuit.

— Seul ou accompagné?

— Seul.

Vous leur direz alors :

— Je viens de France pour chasser le lion, parce
qu'il vous fait beaucoup de mal, et que le tuer c'est
faire le bien; et puis, parce que, dans la chasse au
lion, il y a toujours danger de mort, et que nous autres Français nous aimons à affronter la mort pour
faire le bien.

Puis un jeune homme à l'air candide et innocent
vous dira finement :

— Mais si tu rencontres la nuit, dans la montagne, un homme ou plusieurs hommes, tireras-tu sur
eux?

Hâtez-vous de lui dire bien haut pour que tous
l'entendent :

— Que m'importe à moi que ces hommes aillent
la nuit à travers bois, leurs affaires ne me regardent

pas, je n'en veux qu'aux lions. Dès que je les aper-
cevrai ou les entendrai, je leur dirai : passez au large,
et s'ils n'ont pas de mauvaises intentions, je ne leur
ferai aucun mal.

La conversation doit s'arrêter là, dussiez-vous rester un mois dans ce douar.

Soyez sûr que si le lendemain vous mariez quelques balles devant eux, pour vous entretenir la main ;
soyez sûr, dis-je, qu'avant huit jours on saura, à
vingt lieues à la ronde, qu'il est venu dans le pays
un Français chassant le lion. On dira votre taille, votre âge, votre figure. Il parle peu, dira-t-on, et a l'air
brave ; il tire bien et ne dit rien aux maraudeurs.

Ces derniers mots auront pour vous une portée
immense, c'est une question de vie et de mort.

Mais vous avez répondu négativement aux questions capitales :

« As-tu déjà tué des lions? En as-tu vu? En as-tu
entendu rugir? » Et jusqu'alors votre mine d'homme
rassis et votre adresse au tir ne prouvent pas encore
que vous tuerez votre premier lion.

Le moment d'agir est arrivé, envoyez aux renseignements dans les douars voisins, pour savoir si le
lion s'est fait voir ou entendre, ou s'il a enlevé quelque bétail.

En attendant l'arrivée des messagers, comme vous
ne connaissez pas le pays et qu'il vous faut un guide
sûr, comme il n'y a de capables d'un pareil métier,

la nuit, à travers bois, que les voleurs de profession,
il faut vous associer un voleur.

Si vous demandez un maraudeur au douar, on
vous rira au nez en vous répondant qu'il n'y a que
d'honnêtes gens.

Demandez un homme qui soit habitué à aller se
promener la nuit ou qui n'ait pas peur la nuit, vous
en trouverez vingt, tous jeunes et vigoureux, et vous
choisirez celui dont la figure vous conviendra le
mieux.

Vous lui parlerez de son courage, il sera fier; vous
lui proposerez de vous accompagner, il refusera
net.

Alors vous lui expliquerez ce que vous exigez de
lui, savoir : qu'il vous fasse connaître, *de loin*, le repaire du lion, les sentiers qu'il suit de préférence
quand il quitte le bois pour descendre dans la plaine,
la source, le ruisseau où il se désaltère ordinairement, s'il n'y a pas de gué ou de défilé fréquenté par
lui; et surtout dites-lui bien que non-seulement
vous ne lui demandez pas de rester près de vous au
moment du danger, mais que vous lui ordonnerez
de s'éloigner alors que le moment de la rencontre
approchera. Il marchera, soyez-en sûr.

Promettez-lui une récompense, si vous êtes content de lui; cela ne fera pas de mal.

Un Arabe vient vous dire que le lion a enlevé un
bœuf, un cheval, à quelques lieues du douar où vous

vous trouvez. Pliez bagage et allez placer votre tente
sur les lieux.

Si votre guide déclare connaître le pays et y avoir
des amis, emmenez-le; sinon, laissez-le en lui promettant une récompense s'il vient vous apporter de
bons renseignements. Vous trouverez un guide dans
le douar qui vous recevra.

Informez-vous si le lion rugit, s'il est seul ou accompagné, s'il s'est fait voir pendant le jour; faites-
vous donner son signalement; mais, pour plus de
sûreté, allez vous-même, pendant le jour, avec votre
guide, dans les sentiers qui mènent à la montagne,
et tâchez d'en revoir par le pied.

Dans le cas où le terrain serait sec, cherchez un
passage aqueux ou seulement humide, et quand vous
aurez rencontré le passage du lion, jugez-le par le
pied comme il suit : — Placez votre main ouverte sur
l'empreinte, et si les griffes de l'animal ne sont pas
couvertes par vos doigts écartés, il est mâle et adulte.
Si votre main couvre le pied, c'est une lionne ou un
lionceau.

S'il vous a été impossible d'en revoir par le pied,
cherchez bien, et vous le jugerez par les excréments,
qui sont blancs et remplis de gros os.

Si vous les trouvez gros comme votre poignet, ils
appartiennent à un lion mâle et adulte; s'ils sont plus
petits, à une lionne ou à un lionceau.

Lorsque les excréments ont été laissés depuis vingt-quatre heures seulement, ils sont presque noirs.

Attendez que la lune vous éclaire jusqu'à minuit
au moins ; je ne veux pas que vous sortiez sans clair
de lune.

N'allez pas vous impatienter, vous avez le temps,
et chasser le lion quand la nuit est noire est une folie
dont je me suis rendu longtemps coupable, et qui a
failli me coûter la vie dans différentes circonstances.

Malgré l'habitude que j'avais contractée de parcourir les montagnes par les nuits les plus noires, il
m'est arrivé de me tromper, et vous allez voir combien j'ai été heureux de me tirer sain et sauf de la
première rencontre que j'ai faite par une nuit
sombre.

C'était au mois de février 1845. J'avais eu l'honneur de recevoir, depuis quelques mois, un bel et
bon fusil des mains de S. A. R. Monseigneur le duc
d'Aumale.

J'en étais à mon deuxième lion, et il me tardait de
tuer le troisième avec cette arme, illustrée depuis par
treize victoires, et qui m'est moins chère parce qu'elle
a été ma compagne et ma sauvegarde pendant trois
cents nuits, que parce que je la tiens du prince.

La fièvre, que j'avais gagnée pendant mes premières excursions, m'avait empêché d'entrer en
campagne.

Espérant que l'air de la mer me ferait quelque
bien, j'allai à Bône vers la fin de février.

Sur des renseignements qui me furent donnés contre un grand vieux lion qui coûtait cher à ses voisins dans les environs du camp de Dréan, je fis venir mes armes de Ghelma et quittai Bône le 26 février.

Le 27, à cinq heures du soir, j'arrivai à un douar des Ouled-Bou-Azizi, situé à une demi-lieue du repaire de ma bête, qui, au dire des vieillards, avait élu domicile dans le *Jebel-Krounega* depuis plus de trente ans.

J'appris en arrivant que, tous les soirs, au coucher du soleil, le lion rugissait en quittant son repaire, et qu'à la nuit il descendait dans la plaine, toujours rugissant.

La rencontre me parut presque infaillible ; aussi m'empressai-je de charger les deux fusils que j'avais. A peine avais-je terminé cette opération, à laquelle vous devez toujours apporter la plus grande attention, que j'entendis le lion rugissant dans la montagne.

Mon hôte s'offrit de m'accompagner jusqu'au guet que le lion devait franchir en quittant la montagne ; je lui donnai mon second fusil, et nous partîmes.

Il faisait noir à ne pas se voir à deux pas. Après avoir marché pendant un quart d'heure environ à travers bois, nous arrivâmes sur le bord d'un ruisseau qui coule au pied du *Jebel-Krounega*.

Mon guide, très-ému par les rugissements qui se rapprochaient, me dit : « Le gué est là. »

Je cherchai à reconnaître la position; tout, autour de moi, était noir, je ne voyais même pas mon Arabe qui me touchait.

Ne pouvant rien distinguer par les yeux, je me mis à descendre jusqu'au ruisseau pour rencontrer, en tâtant avec la main, quelque voie de cheval ou de troupeau. C'était bien un gué très-encaissé et dont les abords étaient difficiles.

Ayant trouvé une pierre qui pouvait me servir de siége, tout à fait au bord du ruisseau et un peu en dehors du gué, je renvoyai mon guide, qui ne demandait pas mieux.

Pendant que je cherchais à prendre connaissance du terrain, il ne cessait de me dire :

— Rentrons au douar, la nuit est trop noire, nous chercherons le lion demain pendant le jour.

N'osant se rendre au douar tout seul, il se blottit dans un massif de lentisques à une cinquantaine de pas de moi.

Après lui avoir ordonné de ne pas bouger, quoi qu'il pût entendre, je pris position sur ma pierre.

Le lion rugissait toujours et se rapprochait doucement.

Ayant tenu mes yeux fermés pendant quelques minutes, je finis par voir, en les ouvrant, qu'à mes pieds était un talus vertical créé sans doute par un débordement du ruisseau qui coulait à plusieurs mètres plus bas; à ma gauche, et au bout du canon de mon fusil, se trouvait le gué ; mon plan fut aussitôt arrêté.

S'il m'était possible de voir le lion dans le lit du ruisseau, je devais le tirer là, le talus pouvant me sauver, si j'étais assez heureux pour le blesser grièvement.

Il pouvait être neuf heures, quand un rugissement se fit entendre à cent mètres au delà du ruisseau.

J'armai mon fusil, et, le coude sur le genou, la crosse à l'épaule, les yeux fixés sur l'eau que je distinguais par moments, j'attendis.

Le temps commençait à me paraître long, quand, de la rive opposée du ruisseau et juste en face de moi, s'échappa un soupir long, guttural, qui avait quelque chose du râle d'un homme à l'agonie.

Je levai mes yeux dans la direction de ce son étrange, et j'aperçus, braqués sur moi comme deux charbons ardents, les yeux du lion. La fixité de ce regard, qui jetait une clarté blafarde, n'éclairant rien autour de lui, pas même la tête à laquelle il était attaché, fit refluer vers mon cœur tout ce que j'avais de sang dans les veines.

Une minute avant je grelottais de froid, maintenant la sueur ruisselait sur mon front.

Quiconque n'a pas vu un lion adulte à l'état sauvage, mort ou vivant, peut croire à la possibilité d'une lutte corps à corps à l'arme blanche avec cet

animal. Celui qui en a vu un sait que l'homme aux
prises avec le lion est la souris dans les griffes du
chat.

Je vous ai dit que j'avais déjà tué deux lions, le
plus petit pesait cinq cents livres. Il avait, d'un coup
de griffe, arrêté un cheval au galop, cheval et cavalier étaient restés sur place.

Depuis cette époque, je connaissais suffisamment
leurs moyens pour savoir à quoi m'en tenir.

Aussi le poignard n'a jamais été, dans mon esprit, une arme de salut.

Mais voilà ce que je me disais et ce que je me dis
encore aujourd'hui : dans le cas où une ou deux
balles ne tueraient pas le lion (chose très-possible),
quand il bondira sur moi, si je résiste au choc, je
ferai en sorte de lui faire avaler mon fusil jusqu'à la
crosse; puis, si ses griffes puissantes ne m'ont ni
terrassé, ni harponné, je jouerai du poignard dans
les yeux ou dans la région du cœur, suivant ma liberté de manœuvre et l'état de mes membres.

Si je tombe au choc de l'attaque, ce qui est plus
que probable, pourvu que j'aie mes deux mains libres, la gauche cherchera le cœur et la droite
frappera.

Si, le lendemain, on ne trouve pas deux cadavres
entrelacés, le mien n'aura pas quitté le champ de
bataille et celui du lion ne sera pas loin; le poignard
dira le reste.

Je venais de tirer mon poignard du fourreau et de
le planter dans la terre, à portée de la main, quand
les yeux du lion commencèrent à descendre vers le
ruisseau.

Je fis mentalement mes adieux et la promesse de
bien mourir à ceux qui me sont chers, et lorsque
mon doigt chercha doucement la détente, j'étais
moins ému que le lion qui allait se mettre à l'eau.

J'entendis son premier pas dans le ruisseau qui
courait rapide et bruyant, puis... plus rien. S'était-
il arrêté? Marchait-il vers moi? Voilà ce que je me
demandais en cherchant à percer le voile noir qui
enveloppait tout autour de moi, lorsqu'il me sembla
entendre, là, tout près, à ma gauche, le bruit de son
pas dans la boue.

Il était, en effet, sorti du ruisseau et montait doucement la rampe du gué, lorsque le mouvement que
je venais de faire le fit s'y arrêter.

Il était à quatre ou cinq pas de moi et pouvait arriver d'un bond.

Il est inutile de chercher le guidon lorsqu'on ne
voit pas le canon de son fusil.

Je tirai au juger, la tête haute et les yeux ouverts ;
— au coup de feu, je vis une masse énorme, sans
forme aucune et à tous crins. Un rugissement épouvantable déchira l'air ; le lion était hors de combat.

Au premier cri de douleur succédaient des plaintes sourdes, menaçantes.

J'entendis l'animal se débattre dans la boue, sur le bord du ruisseau, puis il se tut.

Le croyant mort, ou tout au moins hors d'état de se tirer de là, je rentrai au douar avec mon guide, qui, ayant tout entendu, était persuadé que le lion était à nous.

Il va sans dire que je ne fermai pas l'œil de la nuit.

A la pointe du jour, nous arrivâmes au gué ; point de lion ; — un os, gros comme le doigt, que nous trouvâmes au milieu du sang que l'animal avait perdu en abondance, me fit juger qu'il avait une épaule cassée.

Une racine énorme avait été coupée par la gueule du lion contre le talus du gué, à un demi-mètre de l'endroit où j'étais assis.

La douleur qu'il dut éprouver dans ce mouvement offensif, qui le renvoya en arrière, causa sans doute les plaintes que j'avais entendues et le fit renoncer à une seconde attaque.

Nous suivîmes en vain ses traces par le sang, le ruisseau, qu'il avait descendu, nous les fit perdre ce jour-là.

Le lendemain, les Arabes du pays, qui avaient des griefs contre leur hôte, persuadés, du reste, qu'ils le trouveraient mort, vinrent me proposer de le chercher avec moi.

Nous étions soixante, les uns à pied, les autres à

cheval; après quelques heures de recherches inu-
tiles, je rentrai au douar et me disposais à partir,
quand j'entendis plusieurs coups de feu et des hour-
ras du côté de la montagne. Il n'y avait pas à en
douter, c'était mon lion.

Je partis au galop, et ne tardai point à me convaincre que mon espérance ne serait point trompée
cette fois.

Les Arabes fuyaient dans toutes les directions en
criant comme des forcenés.

Quelques-uns avaient mis le ruisseau entre le lion
et eux; d'autres, plus hardis parce qu'ils étaient à
cheval, l'ayant vu se traîner avec peine vers la montagne, qu'il cherchait à gagner, s'étaient réunis, au
nombre de dix, pour l'achever (disaient-ils) : le cheik
les commandait.

Je venais de passer le ruisseau et j'allais descendre de cheval, lorsque je vis les cavaliers, le cheik en
tête, tourner bride au galop de charge.

Le lion, avec ses trois jambes, franchissait derrière eux et mieux qu'eux les rochers et les lentisques, et poussait des rugissements qui mirent les
chevaux dans un état tel, que les cavaliers n'en étaient
plus maîtres.

Les chevaux couraient toujours, mais le lion s'é-
tait arrêté dans une clairière, fier et menaçant.

Qu'il était beau avec sa gueule béante, jetant à tous
ceux qui étaient là des menaces de mort!

Qu'il était beau avec sa crinière noire hérissée, avec sa queue qui frappait ses flancs de colère !

De la place où j'étais, il pouvait y avoir trois cents pas ; je mis pied à terre et appelai un des Arabes qui se tenaient à l'écart, pour prendre mon cheval.

Plusieurs accoururent, et force me fut, pour ne pas être remis sur mon cheval et emmené au loin, de laisser entre leurs mains le burnous par lequel ils me tenaient.

Quelques-uns essayèrent de me suivre pour me dissuader ; mais, à mesure que je doublais l'allure en marchant vers le lion, leur nombre diminuait.

Un seul resta, c'était mon guide du premier jour ; il me dit :

— Je t'ai reçu sous ma tente, je réponds de toi devant Dieu et devant les hommes : je mourrai avec toi.

Le lion avait quitté la clairière pour s'enfoncer dans un massif à quelques pas de là.

Marchant avec précaution, toujours prêt à faire feu, j'essayai en vain d'en revoir par le pied ; le sol était rocailleux et l'animal ne laissait plus de sang.

Je venais de fouiller un à un les arbres du massif, lorsque mon guide, qui était resté en dehors, me dit :

— La mort ne veut pas de toi ; tu as passé près du lion à le toucher ; si tes yeux s'étaient rencontrés avec les siens, tu étais mort avant d'avoir pu faire feu.

Je lui ordonnai de jeter des pierres dans le repaire; à la première qu'il jeta, un lentisque s'ouvrit,
et le lion, après avoir regardé de tous côtés, fit un
bond vers moi.

Il était à dix pas, la queue droite, la crinière sur
les yeux, le cou tendu; sa jambe cassée qu'il tenait
en arrière, les ongles renversés, lui donnait un faux
air de chien à l'arrêt.

Dès qu'il avait paru, je m'étais assis, cachant derrière moi l'Arabe qui me gênait par les : *Feu! feu!
feu donc!* qu'il mêlait à ses prières.

A peine avais-je épaulé mon fusil, que le lion se
rapprocha par un petit bond de quatre à cinq pas
qui allait probablement être suivi d'un autre, lorsque, frappé à un pouce au-dessus de l'œil droit, il
tomba.

Mon Arabe rendait déjà grâces à Dieu, quand le
lion se retourna, se mit sur son séant, puis se leva
debout sur ses jarrets comme un cheval qui se cabre.

Une autre balle, plus heureuse, trouva le cœur et
le renversa, cette fois, roide mort.

En faisant l'autopsie de ce lion à Bône, je décou-
vris que la deuxième balle avait entamé l'os frontal
sans le briser. Elle était aplatie sur l'os, large comme
la paume de la main et épaisse comme dix feuilles
de papier.

Tirez de ce récit les renseignements que vous
pourrez; je vous en recommande deux : ne pas chas-

ser par les nuits sombres, charger votre carabine de manière à obtenir la plus grande pénétration.

A cette époque, je ne connaissais pas encore la supériorité de la carabine sur le fusil; pour acquérir plus de pénétration, je substituai le lingot en fer à la balle.

Je vous ai laissé cherchant à juger le sexe, l'âge et la taille du lion que vous allez chasser. Si vous n'avez pu en revoir par le pied, et que l'animal continue ses déprédations sans rugir, partez à la nuit, accompagné de votre guide.

Parcourez les sentiers qui communiquent entre les douars visités par le lion.

Marchez doucement, faites des haltes fréquentes.

Si vous entendez un cri rauque que les Européens attribuent à l'hyène, tandis qu'il est particulier au chacal, portez-vous de ce côté. Ce cri de détresse vous apprendra que le chacal suit ou un lion, ou des maraudeurs, ou une hyène.

Ainsi que je l'ai déjà dit ailleurs, il s'attache aux pas de ces différents promeneurs nocturnes pour avoir sa part de la curée. Il pousse un cri particulier pour convier ses pareils au festin.

Si le chacal suit un lion dans la plaine, vous n'aurez pas grand'peine à vous en assurer; car celui-ci, vous apercevant de très-loin, viendra vers vous.

Dans une contrée boisée, faites-vous mener rapidement par votre guide sur le sentier suivi par la

bête qui crie, de manière à lui couper les devants;
puis asseyez-vous à côté d'un buisson en dehors du
sentier et attendez.

Votre guide doit être couché à quelques pas de
vous, caché sous bois; du reste, rapportez-vous-en
à lui pour se mettre à l'abri de tout danger.

Placé comme vous l'êtes, vous ne pouvez être
aperçu par l'animal qui vient que lorsqu'il sera au
bout de votre carabine.

Et maintenant, attention. Les lionnes et même
les jeunes lions ont des griffes et des dents qui déchirent et tuent parfaitement. Ne commençons point
par faire une sottise.

Les maraudeurs ont mille bonnes raisons pour
ne pas vous faire de quartier; ainsi, l'œil au guet.

Si un homme vous apparaît, faites-lui voir le bout
de votre carabine en lui criant : Au large! Il sait
que vous n'en voulez pas à ses pareils et obéira probablement. Dans tous les cas, faites bonne garde et
ne vous laissez pas tuer comme un niais.

Si c'est un lion, la carabine à l'épaule, le doigt
sur la détente, attendez-le là, en face de vous, sur le
sentier; il s'arrêtera en vous voyant.

Le défaut de l'épaule est un beau point de mire;
mais il est chanceux. Un lion que j'avais traversé
d'outre en outre, au défaut de l'épaule, de deux
lingots, a écharpé deux Arabes et estropié mon
spahis Rostain.

Ajustez entre l'œil et l'oreille, si l'animal vous regarde de côté; entre les deux yeux, s'il est de face.

Feu! Il tombera.

Attendez une minute sur la défensive, et ne l'ap-
prochez que lorsqu'il ne donnera plus signe de vie.

Si c'est une hyène, laissez-la passer; les Arabes
disent : Lâche comme une hyène, et ils ont raison.

Voilà comment vous devrez agir dans le cas où
vous serez assez heureux pour rencontrer l'ennemi.

Il est probable qu'il vous arrivera de parcourir
ainsi, pendant toute la durée de la première lune, la
plaine et la montagne, sans voir le lion; n'allez pas
vous décourager. Un proverbe arabe dit : *Il y a cent
douars, cent chemins, cent gués pour un lion.*

Le proverbe arabe se trompe; il y a plus de mille
douars, plus de mille chemins, plus de mille gués
pour un lion.

La preuve, c'est que j'ai passé six cents nuits à la
belle étoile, parcourant les ravins les plus fréquentés,
attendant aux gués les meilleurs, et que je n'ai rencontré que vingt-cinq lions.

Une lionne, un jeune lion ne restent jamais longtemps dans le même pays. Les Arabes attribueront
à votre présence la disparition de celui-là.

Tuez quelques sangliers, si tel est votre bon plaisir, l'œil et la main n'y perdront rien, puis faites-
vous conduire à Ghelma.

Présentez-vous au commandant du cercle et au

chef du bureau arabe; attendez la nouvelle lune et
montez à la Mahouna.

Sur le versant occidental de cette belle montagne,
vous trouverez le pays des Ouled-Hamza. Plantez
votre tente chez le cheik et demandez-lui un guide.
Parcourez pendant le jour les deux sentiers qui sont
percés sur le côté de cette montagne. Descendez sur
le bord de l'Oued-Cherf, et prenez connaissance du
gué de Boulerbegh et de celui des Hirondelles.

Vous trouverez plusieurs affûts construits par les
Turcs qui chassaient pour le bey Ahmed.

Ce sont des abris fortifiés. Je les ai fait réparer par
les Arabes pour m'y retirer quand j'étais surpris par
un orage.

Souvenez-vous que ces affûts sont faits par des poltrons et pour des poltrons, et que si vous vous en
serviez, les Arabes ne manqueraient pas de vous dire
qu'eux aussi tuent les lions comme vous.

La Mahouna est le jardin de plaisance des lions;
pas un de ces nobles voyageurs ne va du royaume
de Tunis dans le Maroc sans faire une station à la
Mahouna.

Si vous n'y rencontrez pas, en arrivant, un grand
vieux lion qui, par ses rugissements, effraye les animaux de compagnie, vous trouverez aux gués dont
je vous ai parlé plus haut les traces de quelque famille qui a pris son quartier d'été dans les repaires
qui bordent l'Oued-Cherf.

Quand vous aurez revu par le pied, sur le sable
de la rivière, de plusieurs lions, cherchez à reconnaître le passage par lequel ils descendent du bois,
et vous aurez toute la durée de la lune à attendre
cette famille.

Il est probable que vous la rencontrerez.

Vous vous placerez de manière à dominer le gué
pour tirer de haut en bas. Jamais, au grand jamais,
ne faites feu sur un lion de *bas en haut ;* votre première balle serait-elle heureusement placée, il suffirait que l'animal vécût deux secondes pour qu'il en
fût fait de vous.

Souvenez-vous que, plus le lion est grièvement
blessé, plus il est près de mourir et plus il est dangereux.

A ce gué de Boulerbegh que je vous recommande,
pendant une nuit du mois de juillet 1845, je me
trouvai en face de trois lions de l'âge d'environ trois
ans. Le premier s'était arrêté en me voyant, je l'envoyai rouler dans la rivière.

Eh bien! si je m'étais placé au-dessous du sentier,
cet animal, avec ses deux épaules cassées, m'eût infailliblement écharpé, puisque trois fois il revint sur
moi en rampant sur le ventre, ce qui devait lui cau-
ser des douleurs atroces. Ma position et la lenteur
de ses manœuvres me permettant de recharger, je le
renvoyai trois fois dans le lit du ruisseau, où il finit
par rester.

Ne vous inquiétez pas du nombre de pieds que vous pourrez voir. S'il y a des lionceaux qui accusent deux ans au plus, ils arriveront précédant leur mère.

Vous les laisserez passer et attaquerez celle-ci. Dans le cas où les lionceaux vous paraîtraient plus jeunes, soyez prudent, la mère n'attendra pas que vous l'attaquiez, elle ou ses enfants ; dès qu'elle vous apercevra, elle prendra l'offensive, et ce n'est pas chose facile que de se tirer d'un pareil duel. Exemple :

Dans le courant de novembre 1846, un lion avait étranglé et traîné un cheval au fond d'un ravin. Je jugeai par le pied que le lion devait être une lionne. Assis au pied d'un lentisque, j'attendis.

La première nuit, rien ; la deuxième, rien ; la troisième, de bonne heure, arriva la maman avec ses petits déjà assez grands.

Un d'eux flairait déjà le cheval couché, le ventre en l'air, dans le lit même du ravin. Il allait l'entamer, lorsque sa mère, qui s'était couchée pour le voir faire, ayant regardé de tous côtés, m'aperçut. Nos yeux s'étaient à peine rencontrés, que, d'un bond, elle sauta sur son fils comme si elle eût voulu le dévorer. Le pauvre petit prit la fuite et il ne resta devant moi que le cheval.

Un novice se fût dit : Que n'ai-je tiré plus tôt ! et eût regardé la partie comme perdue. Je savais que la partie n'était pas jouée, et qu'elle ne serait pas facile

à gagner; aussi mes yeux et mes oreilles faisaient
merveille.

Tout à coup, sur ma gauche et presque derrière
moi, j'entendis comme le bruit d'une souris effleurant un buisson, et, portant mon attention de ce côté,
j'aperçus d'abord deux grosses pattes, puis de longues moustaches, puis un nez énorme.

Le fusil était à l'épaule, le doigt sur la détente ; au
moment où l'œil apparut fixe et blafard, un lingot
en fer partit et fut heureux.

La lionne ne vous attaquera pas franchement, elle
s'arrêtera en vous voyant, puis, si vous l'ajustez, elle
se couchera.

Vous ne verrez plus rien, tant elle se rasera.

Au bout d'un instant, elle lèvera la tête. Si vous
n'avez plus le fusil à l'épaule, elle se lèvera et fera
semblant de s'éloigner ; mais elle ne partira que si
ses lionceaux sont bien loin déjà.

Si ceux-ci rôdent près de vous ou sont arrêtés, la
lionne, que vous croirez loin, se rapprochera sur le
ventre et tombera sur vous à l'improviste sans que
vous l'ayez entendue.

Ainsi, prudence, sang-froid et vigilance.

Si vous passez la saison d'été à la Mahouna, il arrivera qu'un beau soir, un peu après le coucher du
soleil, tandis que vous humerez une tasse de café,
assis devant votre tente, vous percevrez comme le

bruit lointain de l'artillerie se répercutant d'écho en écho.

Il n'y a pas de place forte dans ce pays-là, et le canon de Ghelma ne tire qu'à midi. Levez-vous et allez vous asseoir en dehors du douar pour mieux entendre.

Jamais votre oreille n'a été frappée d'un son plus harmonieux, plus magnifique, plus imposant.

Attention, et ne perdez pas une note.

C'est un grand vieux lion arrivé dans la nuit, dont les soupirs ont ébranlé les montagnes.

Attendez un peu, il vient de quitter son repaire.

Il marche, les yeux à demi fermés, il n'est pas encore bien éveillé.

Tout à l'heure il aura secoué sa paresse et alors il rugira.

Les Arabes l'ont entendu, ils vous appellent de tous côtés, ils vous cherchent; ces gens-là sont payés pour savoir ce que leur coûtera l'arrivée du maître.

Si vous les écoutiez, il faudrait partir à l'instant et tuer ce lion avant qu'il ait parcouru la moitié de ses domaines.

Ils viennent tous, petits et grands, s'accroupir autour de vous et écouter avec un silence religieux cette voix qui fait taire toutes les voix, cette voix qui vous dit la force et le courage du plus fort et du plus courageux sur terre.

Observez les Arabes, c'est curieux et instructif.

Dès que le lion s'est tu, ils se sont mis à parler tous à la fois, ils vomissent contre lui mille imprécations, ils lui prodiguent les épithètes les plus injurieuses, ils vont jusqu'à le menacer...

Le lion rugit-il de nouveau, la parole reste suspendue au bout de leurs lèvres : ils ne perdent pas un son.

Il y a dans ce silence respectueux des Arabes un grand enseignement pour vous et pour les autres.

Je vous ai déjà dit que l'Arabe était brave; et comment ne le serait-il pas? il naît, il vit, il meurt au milieu de dangers que l'homme de l'Europe civilisée ne connaît pas et ne peut pas connaître.

Dans son enfance, au lieu de morale, on lui parle tueries, guerre et combats.

Le plus sage, le plus vertueux, le plus considéré, est celui qui tue le mieux et le plus souvent.

On lui apprend la vengeance de famille, la haine de tribu à tribu, l'exécration du chrétien, et, pour compléter son éducation, lorsqu'il a atteint sa quinzième année, il arrive qu'un soir, après que les vieillards ont raconté autour du foyer, sous la tente, leurs haines et leurs vengences, quand les voisins sont retirés, au moment où l'enfant cherche une place pour se coucher, le père le pousse du pied en l'appelant paresseux, lâche.

L'enfant, qui n'a pas compris, supplie son père de s'expliquer.

Celui-ci lui montre en riant un vieux pistolet attaché au montant de la tente, à côté d'un poignard.

L'enfant bondit vers son père, il l'embrasse res-
pectueusement sur l'épaule.

Le père, heureux et fier d'avoir un fils qui lui
donne de si belles espérances, le fait asseoir près de
lui et lui parle en ces termes :

— Es-tu déjà allé, la nuit, sans que je t'aie vu ?

L'enfant raconte ses amours avec une jeune fille
qu'il a visitée quelquefois, au risque de se faire casser la tête d'un coup de pistolet.

— C'est bien, lui dit le père, — mais ce n'est pas
suffisant. Tu es déjà grand, et je rougis d'entendre
nos voisins t'appeler petit. Il faut leur faire voir que
tu es un homme.

— Je ne demande pas mieux, répond l'enfant;
mais, pour aller seul, la nuit me paraît bien noire,
et j'ai peur.

— Pour la première fois tu n'iras pas seul; prends
ces armes, quitte ton burnous, qui est trop blanc,
et serre ta chemise à ta ceinture.

Pendant que notre élève fait sa toilette, le vieillard passe sous la tente d'un ami et lui dit :

— Mon fils est prêt.

Les mamans pleurent un peu dans la crainte d'un
insuccès ou d'un malheur; mais on leur dit que les
jeunes gens seront conduits par un homme courageux et prudent.

Tout s'arrange pour le mieux, et à dix heures, par une pluie battante et par une nuit noire, trois hommes, couverts d'une chemise couleur de terre, relevée au-dessus du genou par une ceinture de cuir, quittent le douar avec mystère.

Sous un burnous rapiécé en mille endroits, et qui a servi à trois générations sans être jamais lavé, chacun de ces aventuriers cache un pistolet et un poignard. La tête est couverte d'une calotte de couleur brune et les pieds sont nus.

Ils marchent en silence à travers champs, et ne s'arrêtent qu'en vue des feux ennemis. C'est un douar de dix à douze tentes, placées en rond-point et se touchant; au milieu sont les troupeaux. En dehors et devant chaque tente veillent une multitude de chiens faisant bonne garde.

Dans ce douar est un homme dont le père ou l'aïeul a tué le parent ou l'arrière-parent d'un de nos aventuriers. C'est la vie de cet homme qu'il leur faut.

Les feux se sont éteints un à un, et tout le monde dort ou paraît dormir, excepté les chiens. L'ancien, sachant qu'à une certaine heure de la nuit, quelques chiens, excédés de fatigue, finissent par s'endormir, attend que le moment d'agir soit arrivé.

Sur ces entrefaites, un lion qui n'a pas dîné et qui, vu l'heure avancée de la nuit, se sent fort en appétit, arrive de son côté.

Il aperçoit trois hommes accroupis : « Bon, dit-il, voilà des camarades qui m'attendent fort à propos. » Et il se couche.

Il faut que vous sachiez que le lion est très-paresseux de son naturel. Or, comme les hommes qui rôdent la nuit sont plus souvent des voleurs de bestiaux que des assassins, voici ce que la mère lionne dit à son lionceau, lorsque étant majeur il veut voir du pays :

— Mon enfant, quand tu rencontreras des hommes, la nuit, tu les suivras ; tu ne leur feras point de mal s'ils se tiennent tranquilles.

La chair de l'homme ne vaut pas celle du bœuf, la plupart même sont secs comme des harengs.

Tu voyageras donc de compagnie avec eux. Quand ils arriveront près d'un douar, tu te coucheras, et ils travailleront pour toi.

Laisse-les emmener à quelque distance les bestiaux qu'ils auront enlevés; puis, lorsque tu trouveras sur ton chemin un ruisseau ou une source, présente-toi et demande ta part.

Le lion, qui a suivi les conseils de sa maman, s'en est bien trouvé.

Au lieu de porter ou de traîner son dîner pendant un quart d'heure et d'aller ensuite à la recherche d'un ruisseau pour se désaltérer, il trouve cette besogne toute faite par ses amis.

Or notre lion s'est couché et il attend; mais les

chiens, qui ont vu ses yeux ou qui l'ont flairé, font un tapage d'enfer.

L'éveil est donné au douar, tout le monde est sur pied. Les uns crient, les autres tirent des coups de fusil en l'air.

Les femmes rallument les feux et jettent des tisons enflammés.

Pour peu que cela continue, le jour arrivera sans que les camarades du lion puissent agir. La faim presse ce dernier, il s'impatiente : — *Ah! ah!* dit-il, *je prendrai un mouton moi-même, ce n'est pas lourd;* et il se lève.

Le douar est placé sur un versant, il se dirige rapidement vers le haut.

Les chiens, qui le suivent tous du regard et du nez, se portent de ce côté.

Il s'élance, et en moins de temps que je n'en mets à vous le dire, il a franchi la haie de six pieds de haut qui entoure le douar. Il a pris un mouton dans l'enceinte, sauté une seconde fois et disparu.

Les chiens sont sous les tentes, muets de stupeur; les hommes sont comme les chiens.

L'orage passé, on constate l'enlèvement du mouton. L'œil d'un Européen ne verrait ni les tentes ni les troupeaux, tant la nuit est obscure.

Un Arabe a dit :

— C'est le mouton noir qui boite.

Tout le monde s'est recouché, et, à part quelques

vieux chiens, la meute des gardiens suit l'exemple des maîtres.

Alors nos trois hommes visitent soigneusement les amorces de leurs pistolets, et, marchant sur les mains, ils s'avancent invisibles et silencieux.

La tente est signalée par le vieux, qui ne dit que ces mots aux jeunes gens :

— Enfants, soyez des hommes.

Ils touchent à la haie vive qui couvre le douar. Le passage des troupeaux est bouché par des épines.

Le vieux souffle à l'oreille de ces compagnons ces paroles :

— Ne bougez pas de là jusqu'à ce que vous entendiez les chiens faire vacarme de l'autre côté; mais alors dépêchez-vous.

Il fait volte-face sur le ventre, et, rampant autour du douar, il est arrivé du côté opposé à la tente de l'ennemi commun.

Il se lève peu à peu; si les chiens ne le voient pas encore, il fait quelques pas, il tousse, c'en est assez. En un instant, sur la voix d'un seul, tous les chiens du douar sont autour de lui.

Pour les maintenir à distance, il n'a qu'à marcher vers eux à quatre pattes; les chiens ont peur et ne l'approcheront pas.

Mais déjà la porte du douar a été enlevée avec précaution par nos jeunes gens.

La tente est là sous la main.

14

Ils passent la tête et écoutent : rien. Tout le monde dort. La place des femmes est là-bas, celle des enfants est près des femmes.

Le maître, lui, est couché en travers de la porte, un pistolet sous la tête, son yatagan à côté de lui.

L'enfant que nous connaissons a disparu entièrement sous la tente ; l'obscurité ne lui permet pas de voir son ennemi, mais il entend son souffle, il se traîne jusqu'à lui, il flaire son haleine. La tête est bien là. Un coup de pistolet se fait entendre, et tout est dit.

Une heure après nos trois assassins ronflent comme des bienheureux sous leurs tentes.

Le lendemain, l'enfant est proclamé homme, et a voix délibérative dans les conseils. Ses camarades lui parlent avec déférence, et quelque jolie fille le récompensera de sa belle action.

L'homme qui a reçu une pareille éducation est nécessairement courageux et courageux la nuit.

Eh bien, parmi tous ceux qui vous entourent, il y en a vingt qui présenteront leur tête au yatagan sans aucune émotion ; mais vous n'en trouverez pas un qui soit assez courageux pour attaquer franchement cet ennemi qui leur fait tant de mal.

D'où vient ce respect de l'Arabe pour le lion? Il vient des nombreux exemples que celui-ci a donnés de sa force et de son courage. Il y a eu bien des luttes, bien des combats ; toujours le lion a été le plus

fort, et quand il a succombé au nombre, la victoire
a coûté trop cher.

Voyez combien elle est belle votre mission, à vous
Européens, à vous Français, dont les pareils sont te-
nus en médiocre estime par les Arabes !

Si vous faites le bien en donnant aux pauvres, ils
diront que vous ne savez que faire de votre argent et
ne vous en estimeront pas davantage.

Si vous faites le bien en rendant la justice, ils diront que vous faites cela pour les attirer vers vous et
les convertir à vos croyances, à vos coutumes, à votre religion, et ils se méfieront de vous.

Soyez plus fort, plus courageux, ils vous auront
en respect et en vénération. Vous leur imposerez
toujours et partout, ils n'oseront pas vous regarder
en face. Ce n'est donc pas seulement pour vous que
vous jouez à la mort, c'est pour l'Europe civilisée,
c'est pour la France.

Revenons à la Mahouna. — Ne vous pressez pas
d'aller au lion ; il arrive à peine et restera dans le
pays une lune au moins. De bons repaires, des troupeaux partout, de l'eau en abondance : où pourrait-
il être mieux ?

Si la lune est bonne, rapprochez-vous d'une demi-
lieue pour mieux entendre ses rugissements, afin de
vous y habituer. Plus vous vous rapprocherez, et
plus vous serez ému par cette voix qui n'a pas sa pareille.

Si l'animal paraît se diriger vers vous, quittez le sentier et entrez sous bois à quelques pas seulement.

Vous pourrez ainsi l'entendre de très-près quand il passera, et je vous assure que vous aurez peur.

Restez où vous êtes jusqu'au jour, et recommencez le lendemain.

Il est probable qu'on viendra vous dire que le lion a tué quelques bœufs, quelques chevaux ou mulets, un grand vieux lion n'y va pas de main morte ; allez vous asseoir à dix pas du cheval, bœuf ou mulet tué le dernier.

Placez-vous de manière à dominer le lion quand il arrivera, vous pourrez l'ajuster à votre aise. Il mange lentement et vous fera l'honneur de vous regarder de temps en temps, comme pour vous demander ce que vous faites là.

Tirez entre les deux yeux et tuez du premier coup.

Si vous avez passé deux nuits sans voir le lion, soyez sûr qu'il ne reviendra pas là, il tue et mange ailleurs.

Cependant la lune est dans son plein, elle se lève au crépuscule du soir et se couche à la pointe du jour.

Vous avez pu étudier les marches de l'animal, vous devez savoir qu'en quittant telle demeure il suivra tel sentier sur lequel vous pourrez le rencontrer.

Il mange lentement, et vous fera l'honneur de vous regarder de temps en temps.

Partez au coucher du soleil, allez vous asseoir sur un rocher qui domine les repaires, et attendez.

Au premier rugissement, prêtez l'oreille pour savoir la direction que prendra le lion. S'il se dirige vers vous, vous n'aurez que quelques pas à faire; s'il va du côté opposé et que vous ne puissiez lui couper les devants, allez l'attendre au retour. Quand il aura fait sa nuit, il ne manquera pas de revenir.

Ce côté de la montagne étant partout très-couvert et coupé de ravins profonds, le lion n'a que deux chemins à suivre pour aller dans les douars; il vous sera facile de le rencontrer.

Lorsque vous entendrez les rugissements se rapprocher et que vous jugerez l'animal sur le même sentier que vous, marchez à sa rencontre jusqu'à ce que vous trouviez une clairière.

Les oliviers sauvages et les chênes séculaires qui bordent les chemins interceptent tellement les rayons de la lune, que vous ne voyez pas à vos pieds.

La rencontre vous serait fatale en pareil lieu, il faut donc chercher un bon terrain sur lequel vos yeux puissent voir. Quand vous l'aurez trouvé, asseyez-vous et attendez.

Soit que le lion, venant de quitter son repaire, marche à cette allure rapide qui lui permet de faire beaucoup de chemin en peu de temps sans se fatiguer; soit que, venant de faire sa nuit, il s'avance lentement en dandinant son énorme tête, dès qu'il vous apercevra sur son chemin, il ne manquera pas de s'arrêter.

Si vous restez assis, il s'approchera doucement, s'arrêtant de temps en temps pour piaffer à la manière des taureaux.

Tantôt il rugira à vous rendre sourd, tantôt il poussera des soupirs diaboliques.

Ne le perdez pas de vue un seul instant, ayez toujours vos yeux sur ses yeux.

S'il quitte le sentier pour aller à un arbre voisin aiguiser ses griffes, tenez-vous prêt.

Le voilà qui revient, prudence et sang-froid.

La moindre précipitation vous perdrait infailliblement.

Il voit vos armes, et aucun de vos mouvements ne lui échappe.

Il n'attaquera que sur votre premier coup de feu.

Quand vous l'ajusterez, il se couchera à la manière du chat.

Dans cette position, il ne vous présente que le haut de la tête, et, ma foi, quelque rapproché que vous soyez, je ne vous conseille pas de faire feu.

Sans que le fusil quitte l'épaule et vos yeux sur les yeux du lion, marchez quelques pas en dehors du sentier, soit à droite, soit à gauche, suivant que la lune éclaire le mieux votre ennemi de ces côtés.

Si vous tournez trop, il croira que vous allez tirer

De deux choses l'une : ou le lion est tué instantanément, ou.....

au corps, il fera volte-face sur le ventre, vous présentant toujours le front.

Ne faites que deux ou trois pas, et, dès que sa tempe vous apparaîtra presque de face, ajustez bien entre l'œil et l'oreille, et pressez la détente.

De deux choses l'une : ou le lion est tué instantanément, ou bien, avant que vous ayez pu juger de votre coup, vous êtes couché sur le dos, sous le ventre du lion, qui vous couvre de son corps et vous tient enlacé dans ses griffes puissantes. Mais vous n'êtes pas mort pour cela.

Si votre balle a été heureusement dirigée et n'a pas rencontré d'obstacle qui l'ait fait dévier, vous en serez quitte pour une douzaine de coups de griffes dont vous pourrez guérir ; pourvu que la gueule du lion n'ait rien touché et que son agonie ne dure pas plus de quelques secondes, vous pourrez vous tirer d'affaire.

Dans tous les cas, souvenez-vous que vous avez un poignard, et, si vous ne l'avez pas perdu dans votre chute, frappez vite, fort et dans les bons endroits.

Si le lion est mort sur place, remerciez Dieu et saint Hubert, et recommencez.

Un petit conseil : toutes les fois que vous vous trouverez en face d'un lion adulte, ne soyez pas trop long dans vos manœuvres.

Si la précipitation peut vous coûter la vie, trop de

lenteur dans l'attaque peut vous perdre également.

Le lion, impatienté, n'a qu'à bondir sur vous pendant que vous l'ajustez, et vous êtes désarmé et mis en lambeaux sans avoir pu envoyer une balle.

Et maintenant que vous avez délivré les montagnards de leur ennemi, maintenant que vous avez pu voir l'effet que votre heureux succès a produit sur ces hommes que rien ne paraît émouvoir, allez dans d'autres contrées chercher de nouvelles victoires.

Soyez sûr que désormais vous serez précédé par le bruit de cet exploit et que vous êtes baptisé le *tueur de lions*.

Le *Jebel-Archioua* et les environs de *Medjez-Amar*, toujours dans le cercle de Ghelma, sont des repaires favoris pour les lions voyageurs.

Mettez-vous sur les traces d'un de ces beaux vieillards cherchant un Éden pour terminer sa carrière.

Suivez-le du soir au matin à travers les montagnes et les plaines. Lorsqu'à la pointe du jour vous aurez entendu son dernier rugissement, soyez sûr qu'il passera sa journée là.

Faites venir votre cheval, que vous avez laissé bien loin derrière vous, prenez quelque repos, et le soir rapprochez-vous du repaire. Au premier rugissement, faites en sorte de rejoindre l'animal.

S'il a pris un parti, cherchez à le précéder sur le chemin qu'il suit.

Allez, allez toujours, voyez du pays. A force de

marches, de fatigues, de privations, vous arriverez
à vous trouver en face de votre adversaire ; quelques
minutes d'entretien avec lui vous feront oublier le
reste.

Tant que vous pourrez vous en passer, ne tuez jamais un maraudeur ; si vous êtes contraint de le
faire, à votre corps défendant, ne mettez plus le
pied dans le pays où vous l'aurez tué.

Dans les contrées où vous vous serez fait connaître, vous n'aurez plus rien à craindre d'eux ;
bien plus, il suffira qu'ils vous sachent dans les environs, pour qu'ils s'abstiennent de rôder, la nuit,
sur vos brisées.

Ne marchez jamais sans le clair de lune.

Armez votre carabine en quittant votre tente et
ne désarmez qu'au retour.

Marchez doucement et sondez des yeux le terrain
devant vous et autour de vous.

Arrêtez-vous souvent pour écouter.

Toutes les fois que vous passerez un gué, un défilé, ou que vous suivrez un sentier dont les côtés
sont couverts, tenez-vous prêt à faire feu.

Un lion a pu vous entendre ou vous voir, et s'être
jeté au bord du sentier pour vous attaquer au passage. Des maraudeurs peuvent faire comme le lion.

Quand vous aurez tué une demi-douzaine de lions,
la nuit, vous pourrez, sans compromettre votre réputation et sans perdre l'estime des Arabes, chasser,

au moyen d'un appât vivant, le soir, après le coucher du soleil.

Afin que vous sachiez comment vous comporter dans cette chasse, qui ne ressemble en rien à celles qui précèdent, je vous offre pour exemple la relation de ma dernière campagne.

Quelques jours après la rentrée de la colonne expéditionnaire de Kabylie, au mois de juillet 1853, je quittai Constantine pour me rendre dans les monts Aurès, où j'avais connaissance d'un vieux lion qui s'était établi près de Krenchela.

Les indigènes, fatigués des pertes qu'il leur faisait éprouver, s'étaient réunis un jour au nombre de deux ou trois cents, dans le but de le tuer ou de le chasser du pays.

L'attaque eut lieu au lever du soleil; à midi, cinq cents cartouches avaient été brûlées; les Arabes emportaient un mort et six blessés, et le lion restait maître du champ de bataille.

A mon arrivée dans la vallée d'Ourtèn, le 18 juillet, je reçus une députation de chaque douar des environs, qui, après les plaintes d'usage, m'offrait une prise d'armes générale. Sidi-Amar, le marabout de l'endroit, vint à son tour m'apporter sa prédiction en ces termes :

— S'il plaît à Dieu de bénir tes armes, dans quelques jours nos femmes et nos enfants accourront ici, sous cet arbre, pour compter des yeux et du doigt

les dents et les griffes du *malfaiteur*, et baiser la
main qui apporte la paix dans la montagne.

À cette prédiction du marabout, la proposition
d'une prise d'armes tomba, et chacun regagna sa
tente, persuadé que c'en était fait du lion.

Si j'avais voulu en croire Sidi-Amar, je n'aurais
pas quitté la place où je m'étais établi, et le lion serait venu s'y faire tuer.

Quelle que soit, du reste, la confiance que m'in-
spirent ces prédictions déjà éprouvées, je pensai que
l'application du proverbe : *Aide-toi, le ciel t'aidera*,
ne saurait nuire, et le jour même je recueillais tous
les renseignements propres à m'éclairer sur les habitudes de l'animal, et je donnais des instructions à
mes quêteurs pour le lendemain.

La mission de ces hommes était de partir à la
pointe du jour, chacun vers le canton qui lui était
assigné, de chercher la sortie du lion sur les chemins qui avoisinaient les repaires, de trouver sa rentrée alors qu'il avait fait sa nuit, en un mot de le
détourner.

Le lendemain, 19, le lion avait pris un grand
parti dans la plaine, et les quêteurs n'ayant aucune
connaissance de sa rentrée à l'heure où les troupeaux surallent les voies en battant les chemins,
tous se rallièrent sur la lionne, qui était détournée
à neuf heures dans un bois de dix arpents.

Le même jour, à sept heures du soir, je gardais

la rentrée de l'animal; à huit heures, il sortait à six pas de moi et tombait à la troisième balle.

Le 20, rendez-vous fut pris à midi dans le jardin d'Ourtèn; comme la veille, prévoyant que le lion, cherchant sa moitié, donnerait beaucoup à faire aux quêteurs, j'avais retardé le rendez-vous de deux heures.

L'animal, après avoir battu tous les chemins et fouillé plusieurs repaires, avait tué un mulet et deux bœufs dans un douar de la montagne; puis il avait gagné les crêtes en s'éloignant vers le sud.

La dernière brisée était à trois lieues du rendez-vous.

Je montai à cheval à quatre heures et me rendis sur le point où les quêteurs avaient abandonné la voie.

Après avoir renvoyé mon cheval, j'attendis la nuit pour battre la route que le lion avait suivie la veille en s'en allant; vers onze heures, ne l'ayant pas encore rencontré, et entendant les Arabes et les chiens des douars situés au pied de la montagne faire grand bruit, je pensai que l'animal était revenu par un autre chemin, et je regagnai ma tente.

Trois jours de suite les quêtes furent les mêmes, le lion fit les mêmes manœuvres pendant la nuit; il y eut de longues marches et point de rencontres.

Le 24, un Arabe, établi à trois ou quatre lieues au sud de mon campement, me fut envoyé par ses proches pour me faire connaître que le lion s'était fixé dans un bois appelé Tafrent, et que depuis le 20 il leur avait tué huit bœufs.

Je partis avec cet homme, mon spahi et mes quêteurs, laissant mes tentes à Ourtèn et n'emportant que mes armes.

Je passai la nuit du 24 au 25 en dehors de l'enceinte du douar que le lion visitait d'habitude ; mais il n'y vint pas.

Le 25 au matin, mes hommes avaient connaissance du lion, sortant du bois désigné la veille ; mais ils n'étaient pas sûrs de sa rentrée.

Afin d'alléger les fatigues des quêteurs et de rendre leur tâche plus facile, je me rapprochai du repaire supposé et m'établis le 25 au soir sur la lisière du bois.

Je fus rejoint, le même jour, par M. de Rodenburgh, officier hollandais, qui, après avoir fait avec nous l'expédition de Kabylie, désirait goûter quelques-unes de ces émotions fortes dont le souvenir reste toujours et qu'on ne trouve pas dans les villes. Il arrivait d'Ourtèn, où il avait dressé sa tente à côté de la mienne, le 19.

Vers dix heures du soir, le lion rugissait à une demi-lieue du douar, et à minuit il enlevait un mouton à quelques pas de nous.

Le 26, à la pointe du jour, l'ordre était transmis dans tous les douars de ne laisser sortir ni hommes ni bestiaux avant la rentrée des quêteurs, afin que les voies du lion ne fussent pas effacées par d'autres voies.

Ce même jour, Bil-Kassem-Bil-Eouchet me faisait le rapport suivant :

« Je prends le lion à sa sortie du douar ; je trouve la peau du mouton qu'il a mangé cette nuit ; je le suis jusque sur le bord du ruisseau où il a bu, puis je l'abandonne à Amar-ben-Sigha, mon collègue, dont j'ai reconnu la brisée en cet endroit. »

Amar arrivait au moment où son confrère venait de terminer son rapport.

Son visage était rayonnant ; il n'avait pas besoin de parler, tout le monde en le voyant devinait qu'il avait détourné l'animal et qu'il était sûr de ce qu'il allait dire.

Tandis qu'il traversait la foule d'Arabes accroupis devant la tente qu'ils avaient dressée pour nous, on l'interrogeait de la voix et du geste, on tirait les pans de son burnous ; mais il était muet ; la joie seule qui débordait de son cœur trahissait le secret qu'il aurait voulu ne confier qu'à moi.

Malheureux homme, fier d'avance de la victoire qu'il avait préparée, et qui ne se doutait pas que, dans quelques heures, le lion qu'il venait me livrer ne mourrait que sur lui et après l'avoir mis en pièces !

Tel était son rapport :

« Je trouve le lion buvant au ruisseau de Tafrent, où il a fait une pause.

« Je le suis à travers un bois brûlé que vous pouvez voir d'ici et à la sortie duquel il a dû rester jusqu'au jour, si j'en juge par les entailles qu'il a faites
à plusieurs arbres pour aiguiser ses griffes et par ses
laissées du matin.

« En quittant le bois brûlé, l'animal traverse un
torrent qui borde à l'est le bois de Tafrent, dans lequel il entre; je tourne le bois en suivant au sud et à
l'ouest le cours des eaux, et au nord le chemin : l'a-
nimal n'est point sorti; je reviens à ma brisée, où je
laisse mon burnous, et je le suis sous bois jusqu'à
une portée de fusil de son repaire.

« Les hommes qui m'accompagnaient ayant eu
peur en cet endroit, je me suis retiré sans bruit en
le jugeant au pied du rocher blanc, connu dans le
pays sous le nom de *Rocher du Lion.* »

L'animal une fois détourné, il ne restait plus qu'à
choisir entre les divers modes d'attaque employés en
pareil cas. Le premier consiste à marcher avec grand
bruit sur son repaire, ce qui le fait venir au-devant
des chasseurs, qui l'attendent sur un terrain propre
à l'attaque.

Dans le second, on suit avec beaucoup de précaution la voie de l'animal, de manière à le surprendre
endormi. Le troisième consiste à l'attirer au moyen
d'un appât vivant.

Amar-ben-Sigha m'ayant assuré que l'attaque au repaire était impossible à cause de l'épaisseur du bois, je me décidai pour l'appât.

Le 26, à sept heures du soir, je partais suivi de mon spahi Hamida et de mes deux quêteurs portant mes armes et emmenant une chèvre.

A sept heures et demie, nous arrivâmes à la brisée d'Amar, que j'étais bien aise de reconnaître.

Il faisait bon revoir dans le lit du torrent, ce qui me permit de juger l'animal grand vieux lion et, comme disaient les Arabes, mon ami de Krenchela

Le repaire était situé sur le versant sud de la montagne et à moins de cent pas du ravin. Sur le versant opposé et tout à fait sur le bord du même ravin, je rencontrai une clairière de dix mètres carrés, entourée de grands arbres, et distante de moins dè cent cinquante pas du fort où le lion était sur le ventre.

Pendant qu'un de mes hommes attachait la chèvre à une racine d'arbre au milieu de la clairière, et que les autres me donnaient mes armes, le lion se montrait à nous au pied du rocher et nous regardait faire.

Je m'établis bien vite sur la lisière du bois, faisant face au lion, et à cinq ou six pas de la chèvre, qui, voyant mes hommes s'enfoncer sous bois, criait de toutes ses forces et faisait des efforts inouïs pour se rapprocher de moi.

Le lion avait disparu. Sans doute il s'avançait sous la voûte sombre et épaisse de la futaie qui le dérobait à ma vue.

Je venais de couper avec mon poignard quelques branches qui auraient pu gêner mon tir, et j'allais m'asseoir, lorsque la chèvre se tut tout à coup et se mit à trembler de tous ses membres, en regardant tantôt de mon côté, tantôt du côté du ravin, ce qui voulait dire :

— Le lion est là, je le sens, il va venir; je l'entends, il vient, je le vois.

En effet, d'abord elle n'avait fait que percevoir ses émanations; ensuite, lorsqu'elle avait entendu ses pas, ses oreilles me l'avaient exprimé par des mouvements vifs et saccadés; enfin, lorsqu'elle avait pu voir l'animal, je le vis comme elle.

Il monta lentement l'escarpement du ravin et s'arrêta sur le bord de la clairière à douze pas de moi.

Il se présentait tout à fait de face, et son large front était un beau point de mire. Deux fois ma carabine s'abaissa, deux fois je l'ajustai entre les deux yeux, deux fois mon doigt pressa doucement la détente; mais le coup ne partit point, et j'en ressentis de la joie.

Il y avait deux ans que je n'avais rencontré de lion si grand, si beau, si majestueux, et je l'aurais tué avant d'avoir pu l'examiner à mon aise!

Qu'est-ce qu'un lion mort? Qu'est-ce qu'une belle

15

femme dans un cercueil? La beauté moins la vie,
c'est-à-dire la laideur.

Et puis, s'il est vrai que vivre c'est sentir, où et
quand trouverais-je des émotions pareilles, si ce
n'est dans un pareil tête-à-tête, dans un pareil lieu,
à une pareille heure?

Le noble animal, comme s'il avait compris ma
pensée, s'était couché, et, après avoir croisé ses
énormes pattes, il avait doucement appuyé sa tête
sur elles comme sur un oreiller.

Sans prêter la moindre attention à la chèvre, pa-
ralysée par la peur, il m'examinait avec beaucoup
d'intérêt, tantôt en clignant les yeux, ce qui donnait
à sa physionomie un air des plus bénins, tantôt en
les ouvrant de toute leur grandeur, ce qui me faisait,
malgré moi, presser ma carabine. Il avait l'air de se
dire à part lui :

— J'ai vu tout à l'heure, dans cette clairière, un
groupe d'hommes et une chèvre ; les hommes sont
partis, la chèvre est restée seule ; j'arrive, et je trouve
près d'elle un autre homme habillé de rouge et de
bleu, comme je n'en ai jamais vu, et qui, au lieu de
fuir à mon approche, me regarde comme s'il voulait
me parler.

Puis, par moments, et tandis que l'ombre du crépuscule descendait dans la clairière, il avait l'air
d'ajouter (toujours à part lui) :

— L'heure du dîner s'avance, que mangerais-je

bien, la chèvre ou l'homme rouge? Le mouton d'hier
valait mieux que cette chèvre; mais les moutons sont
loin. Les hommes rouges sont peut-être bons en général, mais celui-ci me paraît maigre.

Cette dernière réflexion parut avoir fixé son choix,
car il se leva d'un air décidé et fit trois pas en avant,
les yeux attachés sur la chèvre.

La carabine à l'épaule et le doigt sur la détente,
je suivais tous ses mouvements, prêt à faire feu en
temps opportun; deux fois il feignit de bondir sur
l'appât en se rasant à la manière du chat.

Je pensai que la corde qui retenait la chèvre l'in-
quiétait, et je compris qu'il se défiait d'un piége,
lorsque je le vis aller et venir avec agitation sur le
bord de la clairière et me montrer les dents quand
il s'arrêtait.

Le jeu devenait trop sérieux; il était temps d'en
finir. Profitant du moment où il se présentait de
flanc, à douze pas et sur le bord du ravin, je le frap-
pai d'une première balle en pleine épaule, et, immédiatement après, pendant qu'il se tordait en rugissant, d'une seconde au défaut de l'épaule.

Percé d'outre en outre par ces deux balles à pointe
d'acier, l'animal roula comme une avalanche au fond
du ravin.

Pendant que je rechargeais ma carabine, mes
hommes étaient accourus; je me portai avec eux sur
la place où j'avais tiré le lion, et nous trouvâmes, au

milieu de beaucoup de sang, les empreintes des griffes de l'animal, lorsque après avoir été frappé il avait
cherché à remonter l'escarpement du ravin.

Mes hommes, persuadés que le lion était mort,
s'étaient portés sur les hauteurs voisines de la clairière pour appeler du monde afin de l'emporter.

Pendant ce temps, je suivais les rougeurs dans le
lit du ravin où le lion était tombé plusieurs fois, et je
trouvais sa rentrée dans un taillis sombre, épais,
presque impénétrable, situé à vingt pas de la clairière.

Afin de savoir sur-le-champ à quoi m'en tenir, je
lançai une pierre dans ce taillis; un rugissement
sourd, guttural, tantôt plaintif, tantôt menaçant, un
rugissement qui sentait le cadavre, me répondit à
une vingtaine de pas sous bois.

Ce rugissement me glaça le cœur en me rappelant celui du lion de Mejez-Amar, qui, il y a six ans,
dans une circonstance analogue, mutilait sous mes
yeux, et malgré mes balles, mon spahi Rostain et
deux Arabes.

A genoux sur le bord du taillis, je cherchai en
vain à en pénétrer l'épaisseur : ma vue n'allait pas
au delà des premières branches rougies par le sang
du lion.

Après avoir fait une brisée pour reconnaître la rentrée de l'animal, j'allais me retirer, lorsque je fus

rejoint par mon spahi, mes deux quêteurs et quatre Arabes en armes.

J'eus toutes les peines du monde à les empêcher de pénétrer dans le taillis, où, disaient-ils, le lion devait être mort.

J'eus beau leur faire observer que j'avais la certitude qu'il vivait encore, qu'il nous serait impossible de le voir avant qu'il bondît sur l'un de nous, et qu'il y aurait certainement mort d'homme si nous y allions à cette heure, tandis que je répondais que nous le retrouverions sans vie le lendemain matin, ces braves gens, pour toute réponse, déposèrent leurs burnous, sur lesquels ils m'engagèrent à m'asseoir en les attendant.

Deux minutes après, je m'étais débarrassé des parties de mon vêtement qui auraient pu me gêner ou m'embarrasser, j'avais armé Amar-ben-Sigha de ma carabine Lepage, Bil-Kassem de deux pistolets, et mon spahi d'un fusil qu'il devait conserver chargé en me suivant pas à pas.

Après avoir recommandé à mes hommes de me serrer de près, groupés autant que le permettrait l'épaisseur du taillis, j'y entrai avec eux et M. de Rodenburgh, qui venait d'arriver et ne voulut pas rester en arrière, malgré ma prière et l'assurance que je lui donnai du danger qu'il allait courir.

Après avoir marché une quinzaine de pas en suivant les rougeurs, nous nous trouvâmes dans une petite clairière où toute trace de sang avait disparu.

La nuit arrivait; il était déjà difficile de voir les traces de l'animal, et notre recherche devenait d'autant plus dangereuse, que dans quelques minutes nous n'y verrions plus.

Afin de ne pas perdre de temps, chacun se mit à l'œuvre en cherchant de son côté le sang de l'animal que nous perdions en cet endroit, sans que toutefois personne sortît de la clairière pour s'engager sous bois.

Tout d'un coup le fusil d'un Arabe part au milieu de nous par imprudence, sans qu'il en résulte le moindre accident; mais le lion rugit à quelques pas de là, et tous mes hommes viennent se grouper autour de moi, tous, excepté Amar-ben-Sigha, qui, soit inexpérience, soit confiance en lui-même, s'est adossé à un arbre à six pas de nous.

A peine le lion a-t-il paru sur le bord de la clairière, la gueule béante, la crinière hérissée, que huit coups de feu partent à la fois et au hasard sans le toucher.

Avant que la fumée de toute cette poudre brûlée inutilement se soit dissipée, et en bien moins de temps que je n'en mets à l'écrire, Amar-ben-Sigha, qui, lui aussi, a fait feu sur le lion, est terrassé; sa carabine est brisée, sa cuisse et sa jambe droites sont broyées, et au moment où j'arrive à son secours je vois sa tête engloutie par la gueule du

Je visai à la tempe, et je pressai la détente.... le coup ne partit pas.

lion, qui regarde les canons de ma carabine s'abaisser
sur lui, effleurant sa crinière, sans que pour cela
il quitte la victime qu'il a choisie.

Craignant pour la tête de l'homme en frappant
celle du lion, je cherchai la place du cœur et je fis feu.

Amar-ben-Sigha, dégagé, roula à mes pieds,
qu'il étreignit si violemment, qu'il faillit me renverser, et le lion, le flanc appuyé contre les branches qui craquaient sous son poids, ne tombait pas
encore.

Je visai à la tempe et je pressai la détente : le coup
ne partit pas.

Pour la première fois depuis dix ans, ma carabine
avait raté, et le lion était toujours là, debout contre
la cépée, qu'il déchiraitde ses dents et de ses griffes
en rugissant et en se tordant dans les convulsions
de l'agonie, à un pas de moi et presque sur le corps
d'Amar-ben-Sigha, qui criait comme un possédé.

Tous mes hommes étaient accourus, les uns bran-
dissant leurs yatagans, les autres tenant leurs fusils
en l'air par le bout du canon en guise d'assommoirs.

Faibles moyens, pauvres armes contre un ennemi
que les balles ne tuent pas!

Mon premier mouvement fut de tendre la main
vers mon spahi Hamida, qui, le visage contracté,
les yeux hagards, tremblant de tous ses membres,
put à peine me dire ce mot :

— Vide!

Mon second fusil était vide! L'imprudent avait fait feu avec les autres et nous mettait à la merci du lion.

Heureusement pour nous tous qu'il tombait mort en ce moment entre Amar-ben-Sigha et M. de Rodenburgh, qui arrivait par la cépée où l'homme et le lion étaient couchés côte à côte.

Le lion une fois mort, je m'occupai du blessé, qui, depuis quelques instants, ne donnait plus signe de vie.

Je trouvai les blessures de la tête peu graves, le haut du corps labouré par quelques coups de griffes qui n'avaient porté que dans les chairs; mais la jambe et la cuisse droites horriblement percées et déchirées depuis l'aine jusqu'au pied.

Le sang coulait en abondance, et nous étions là, en pleine forêt, la nuit, sans aucune espèce de secours.

Pendant que les Arabes préparaient un brancard avec des fusils et des burnous, j'essayai de trouver et d'arrêter l'hémorragie; mais le blessé reprit ses sens en poussant des cris affreux, et ne me permit pas de continuer les soins que je voulais lui donner.

Je ne vous dirai pas ce qu'il nous fallut de temps et de peine pour sortir du taillis et gagner le lit du ravin; mais je vous assure que ce fut un spectacle imposant que celui de notre retraite.

J'avais toujours vu les Arabes profondément affli-

gés lorsqu'un des leurs était tombé sous une balle,
et je ne m'expliquais pas leur indifférence pour Amar-
ben-Sigha.

En effet, depuis le moment où le lion était mort,
quoiqu'ils me vissent accueillir avec froideur leurs
félicitations empressées et n'exprimer aucune joie du
succès obtenu, ils ne s'étaient occupés du blessé que
pour lui dire que *ces choses-là n'arrivaient qu'aux
hommes;* puis ils s'étaient mis à discourir entre eux
sur les différentes scènes du drame, parlant tous à la
fois, vociférant comme des enragés et recommençant
leur histoire chaque fois qu'un homme des douars
voisins arrivait au-devant de nous.

L'enthousiasme de ces hommes était si bruyant,
que quiconque eût rencontré notre cortége aurait
pensé tout d'abord que le brancard servait de couche
au lion tué, si de temps en temps un cri perçant et
qui allait au cœur ne s'en était échappé, dominant
la rumeur générale et répondant au chant lugubre
du hibou qu'on entendait sous bois.

Ce fut ainsi qu'à onze heures du soir nous arrivâmes à la tente préparée pour recevoir le blessé.

Le lendemain 27, j'allai le voir de bonne heure, et
je trouvai près de lui sa vieille mère, son frère et un
grand nombre d'hommes et de femmes qui devaient
être de sa famille ; car, à mon arrivée, ils me remer-
cièrent avec effusion d'avoir délivré Amar des griffes
du lion et me demandèrent mon avis sur son état.

Pauvres gens qui croient tous les Français médecins, parce qu'il y a parmi eux de bons médecins,
et qui pensent que celui qui tue un animal connaît
et guérit le mal que celui-ci a pu faire!

Je n'ai pas la moindre notion de chirurgie, et, pour
ce qui est des blessures faites par le lion, l'expérience
seule m'a appris qu'on en revenait difficilement, et
que presque toujours on y laissait soit un bras, soit
une jambe; c'est juste assez pour que je puisse savoir à quoi m'en tenir, le cas échéant, mais c'est peu
pour ceux qui me consultent.

Toutefois j'avais vu plusieurs fois des hommes
blessés bien moins grièvement qu'Amar mourir par
suite de leurs blessures, ou perdre l'usage des membres atteints, et j'engageai ses parents à le faire transporter à Bathna, où il trouverait des médecins français et tous les soins désirables.

Le blessé s'y étant refusé à cause des souffrances
du voyage, je lui fis, tant bien que mal, avec l'assistance de l'officier hollandais, un premier panse-
ment; j'envoyai chercher un docteur arabe qui jouit
d'une grande réputation; puis nous nous dirigeâmes
vers le bois où le lion dormait depuis la veille.

L'assistance était nombreuse; en peu de temps
un chemin fut frayé dans le taillis, et, au moyen d'un
brancard fait avec des troncs d'arbres, l'animal fut
porté dans la clairière où, la veille, il m'avait fait
l'honneur d'un long tête-à-tête.

Après avoir fait enlever la dépouille et observé
avec attention le trajet de mes balles, j'abandonnai
l'animal aux Arabes, qui se ruèrent sur lui, le couteau à la main, avec une fureur égale à celle d'une
meute ardente à la curée. Le soir du même jour, je
regagnai mon campement pour faire préparer la dépouille du lion.

Le 29, pendant que je faisais mes préparatifs de
départ pour Constantine, ma tente fut envahie par
cinq ou six femmes qui entrèrent en pleurant à
chaudes larmes, comme si un grand malheur venait
de les frapper.

Ma première pensée fut qu'elles venaient d'apprendre la mort d'Amar-ben-Sigha, leur parent, et
je ne pus m'empêcher de rire lorsque je sus qu'il
s'agissait simplement de la mort de trois bœufs, tués
par un lion nouvellement arrivé dans le pays.

Comme les sanglots allaient toujours croissant,
et que ce concert n'avait rien de récréatif, je m'empressai d'y mettre fin en leur donnant l'assurance
que je ne partirais pas avant d'avoir mis à mort la
vilaine bête qui leur avait fait tant de chagrin.

Les pleurs cessèrent comme par enchantement,
et ces dames se retirèrent en devisant joyeusement
entre elles, comme si elles venaient d'apprendre un
événement heureux.

Le douar auquel appartenaient les bœufs tués par
le lion étant placé près de mes tentes, je fis venir les

gardiens pour me renseigner sur ce qui s'était passé
et en tirer des connaissances pour la rencontre du
lendemain.

Ces hommes me dirent que vers six heures du
soir, au moment où ils descendaient de la montagne,
le troupeau s'était dispersé en fuyant dans toutes
les directions, et que, lorsqu'ils étaient parvenus à
le rallier, il leur manquait trois bœufs.

Ils n'avaient vu le lion ni par corps ni par pied ;
mais les symptômes de frayeur qu'ils avaient re-
marqués dans le troupeau leur donnaient l'assurance que les animaux qui manquaient avaient été
pris par un lion.

Je leur recommandai de se rendre le lendemain
de bonne heure, et en nombre, dans la montagne,
pour retrouver les bœufs tués, d'en traîner deux
dans un endroit découvert, afin que les vautours
vinssent manger leurs restes pendant le jour, et de
laisser celui qui leur paraîtrait le plus intact à la
place où ils le trouveraient, après l'avoir couvert de
branches d'arbres pour le préserver des vautours.

Le 30, à six heures du soir, je m'acheminai vers
la montagne, guidé par un des gardiens et suivi par
deux hommes qui portaient mes armes.

Au bout d'une heure de marche à travers bois,
nous passions près des ossements que les vautours
avaient laissés, et, sûr désormais que si le lion revenait en cet endroit il ne ferait qu'y passer comme

nous, je me dirigeai vers le buisson où le troisième bœuf avait été tué.

Après avoir fait enlever les branches qui le recouvraient, je m'assurai qu'il était parfaitement intact et qu'il n'avait qu'un coup de dent à la gorge et un coup de griffe à l'épaule, ce qui signifiait qu'il avait été tué par un jeune lion ou par une lionne adulte. Ne pouvant juger l'animal par le pied, à cause de la nature du sol, très-rocailleux en cet endroit, j'examinai avec soin les empreintes des dents et celles des griffes ; j'en conclus que j'aurais affaire à une lionne adulte.

Le repaire habituel des lions, lorsqu'il en vient dans cette montagne, se trouvait à environ cinq cents mètres et au-dessous de moi. Persuadé que la lionne arriverait par le bas, je renvoyai les hommes qui m'avaient accompagné à une centaine de pas en amont, et je cherchai à m'installer de mon mieux.

Je venais de déposer mes armes près d'une pierre que j'avais remarquée comme pouvant faire un siége commode, et j'allais m'asseoir, lorsque, jetant un dernier regard vers le fond de la vallée, j'aperçus ma lionne qui se promenait sur la route de Krenchela.

Après avoir suivi quelque temps cette route, elle la quitta pour traverser une petite plaine ; puis elle prit un sentier qui aboutit à une source que je connais depuis longtemps pour être souvent visitée par les lions.

Un quart d'heure après, je la vis revenir par le
même chemin et entrer sous la futaie qui borde le
repaire. En la voyant disparaître sous bois, je m'assis sur la pierre et me préparai à la recevoir.

Je me trouvais au milieu d'un massif sans la
moindre petite clairière, sans le moindre jour, et je
n'apercevais qu'une partie du bœuf qui servait d'appât, quoiqu'il ne fût qu'à quelques pas de moi.

Je compris qu'il me serait impossible d'envoyer
deux balles à la lionne, et qu'il fallait la tuer du
premier coup ou la mettre du moins hors d'état de
mal faire.

Le temps avait marché, et la nuit commençait à
tomber, lorsque la li nne rugit au-dessous de moi et
près de l'endroit où les restes des bœufs avaient été
livrés aux vautours.

Peu de temps après, j'entendis le bruit de ses pas
sous bois ; puis, à mesure qu'elle approchait, une
espèce de râlement sourd et régulier, qui n'était autre chose que le bruit de sa respiration.

Je la jugeai à quinze pas de moi, et j'épaulai ma
carabine dans sa direction, afin d'être prêt à faire
feu lorsqu'elle paraîtrait.

Il était écrit que cette campagne serait pleine
d'émotions, et vous devinerez facilement celle que je
dus éprouver lorsque, cherchant le guidon de ma
carabine, je ne le trouvai point.

J'apercevais à peine l'extrémité des canons. Encore quelques minutes, et je ne verrais plus rien quand la lionne serait là, à quelques pas de moi.

Il n'y avait pas à hésiter un seul instant; je me levai aussitôt et marchai droit sur elle en faisant le moins de bruit possible et prêt à faire feu.

Après m'être avancé de cinq ou six pas en sondant des yeux l'épaisseur du bois, j'aperçus la moitié de son corps entre deux arbres.

Elle était debout et immobile, écoutant sans doute un bruit qu'elle ne s'expliquait pas.

La tête m'était cachée jusque près de l'épaule, dont il me semblait distinguer assez bien le défaut.

Le cœur était là. Je tirai tant bien que mal et un peu au juger au défaut de l'épaule.

J'eus beau me baisser aussitôt pour voir sous la fumée l'effet de ma balle et en envoyer une seconde, je ne vis rien.

Cependant un rugissement de bon augure avait répondu à mon coup de feu, et mon oreille exercée avait jugé l'animal mortellement atteint.

En effet, la lionne, que j'avais pu voir tant qu'elle était restée debout, m'était cachée par la hauteur des arbres maintenant qu'elle était couchée, et je l'entendais rugir et se débattre à la même place ; donc elle était grièvement blessée.

Me souciant fort peu, à une pareille heure, de m'en aller avec elle de ce monde, et remettant au lendemain, quand il ferait jour, pour lui donner le coup de grâce, si toutefois elle vivait encore, je rentrai avec mes hommes, qui avaient tout entendu et qui, comme moi, étaient persuadés que la lionne était à nous.

Grande fut la joie de tous à notre rentrée au douar, et les femmes demandèrent à venir le lendemain dans la montagne, afin de voir l'animal avant qu'il fût dépouillé et de choisir les meilleurs morceaux de sa chair.

Le 31, avant le lever du soleil, j'arrivai près de l'endroit où la lionne était tombée la veille, suivi des hommes et des femmes du douar. Après avoir recommandé à tout le monde de ne pas s'avancer davantage, je me portai avec mon spahi sur la place où l'animal avait été frappé.

La place était vide; mais une mare de sang l'avait suffisamment marquée, et il me fut d'autant plus facile de suivre la lionne aux rougeurs, qu'elle avait évité de traverser les parties fourrées du bois, qu'elle était toujours descendue, et qu'à chaque pas je trouvais des traces de ses chutes.

Je ne tardai pas à m'apercevoir qu'elle ne marchait que sur trois jambes, que lorsqu'elle tombait c'était toujours du côté gauche, et que l'os de l'épaule traçait un sillon dans la terre toutes les fois qu'elle tombait.

Je jugeai que ma balle, entrant au défaut de l'épaule droite, avait traversé la poitrine obliquement, et qu'elle était sortie par l'épaule gauche en la brisant.

La lionne, morte ou vive, ne pouvait être loin : il était temps de se mettre en garde, et il ne fallait jamais perdre les traces de sang, de manière à l'avoir toujours devant et au-dessous de moi.

A cet effet, toutes les fois que j'arrivais près d'un buisson propre à la cacher à mes yeux, je faisais lancer des pierres par mon spahi, afin de l'attirer ou de la faire rugir si elle s'y trouvait. Cette manœuvre réussit parfaitement.

Je venais de traverser une clairière où la lionne était restée longtemps couchée, à en juger par le sang qu'elle y avait laissé, et j'arrivais sur la lisière d'un bois très-épais en suivant ses traces, lorsque mon spahi lança une pierre à quelques pas devant moi.

Le même rugissement que j'avais entendu quelques jours auparavant en suivant le lion blessé se fit entendre sous bois et près de la clairière.

Seulement, ici, je savais parfaitement à quoi m'en tenir, et j'étais sûr de mener l'affaire à bonne fin, sans y laisser le moindre lambeau de chair humaine.

D'abord il faisait jour et j'avais du temps devant moi, ensuite je n'avais affaire qu'à une lionne ayant perdu presque tout son sang, c'est-à-dire ses forces ; enfin, je savais qu'elle n'avait que trois jambes.

16

Le succès n'était pas douteux; mais comme, au bout des trois jambes qui lui restaient, il y avait de grosses pattes armées de fortes griffes, et que les dents qui avaient étranglé les trois bœufs devaient être respectables, je pris des mesures pour que la lionne ne me traitât point comme les herbivores du jour précédent.

Le bois dans lequel elle s'était retirée était si épais, que, si j'avais voulu l'y suivre, il m'eût été impossible de la voir sans la toucher, et j'eusse été pris et mis en pièces avant d'avoir pu lui envoyer une balle.

Toutefois, j'avoue à ma honte, car c'eût été une folie, que si je n'avais pas eu d'autre moyen d'en finir, confiant dans le hasard de la veille et dans les hasards précédents, qui m'ont, vous le savez, si miraculeusement servi, j'avoue que j'y serais allé sans hésiter.

Mais j'avais là une bonne clairière au milieu de laquelle je pouvais l'attirer; je résolus d'en profiter et j'y fis venir les hommes et les femmes du douar pour assister à la mort de leur ennemi.

Pendant que je faisais brûler quelques broussailles pour empêcher l'animal de sortir de l'enceinte, mon spahi m'apportait de Krenchela quelques fusils dont j'avais besoin.

Après les avoir fait charger, j'en distribuai quatre à des Arabes, que je fis monter sur un arbre situé au

milieu de la clairière, avec ordre de faire feu tous à
la fois et de pousser de grands cris dès que je leur en
donnerais le signal.

Je fis venir un des Arabes qui étaient à cheval et
je l'envoyai à trente pas de la lisière du bois, avec
ordre de s'y tenir immobile jusqu'au moment où la
lionne apparaîtrait, et de courir alors de toute la vitesse de son cheval en se dirigeant vers moi un peu
obliquement, afin de ne pas gêner mon tir.

Je m'assis dans la clairière à quelques pas en avant
de l'arbre sur lequel mes hommes étaient perchés,
ayant près de moi mon spahi chargé de me passer
mes armes en temps opportun.

Cependant la foule des spectateurs, qui, jusqu'à
ce moment, avaient devisé bruyamment au milieu
de la clairière, s'était dispersée tout à coup et à la
hâte.

Les hommes s'étaient perchés sur les arbres les
plus élevés, et les femmes avaient gagné un rocher
d'une hauteur respectable, au faîte duquel elles s'é-
taient groupées.

Lorsque je vis la clairière débarrassée, je criai au
cavalier qui servait d'appât de se tenir sur ses gardes et je fis signe aux hommes qui étaient sur l'arbre
de tirer.

Aux coups de feu, la lionne rugit avec colère, et,
au premier hourra que poussèrent les Arabes, elle
parut sur la lisière du bois, et, sans s'arrêter un seul

instant, elle chargea le cavalier, qui avait piqué des deux en la voyant.

Quoiqu'elle n'eût que trois jambes, ses premiers bonds m'effrayèrent, tant elle gagnait sur l'Arabe, qui détalait à fond de train.

Une balle tirée à quarante pas dans la tête l'arrêta sur place et la fit chanceler sans que pourtant elle tombât.

Le cavalier avait continué de fuir et était arrivé à l'extrémité de la clairière, lorsque la lionne reprit sa course, cette fois droit à moi.

J'avais eu le temps de prendre mon second fusil, et, à vingt pas, elle recevait deux balles en pleine poitrine. Elle tomba comme foudroyée, et je la croyais morte, lorsqu'elle se leva en me montrant toutes ses dents et essaya de venir à moi; mais ce fut son dernier effort, car elle roula sur place en poussant un long rugissement de douleur auquel répondit un hourra formidable.

La lionne n'ayant reçu le coup de grâce que lorsque les femmes furent arrivées, elles furent les premières à la contempler, à lui prodiguer mille injures et à braver ses griffes et ses dents désormais inoffensives.

Comme la curiosité de ces dames menaçait de me tenir là jusqu'au soir, je les engageai à prendre les devants et leur promis qu'elles pourraient venir revoir la lionne et choisir leurs morceaux devant ma tente, où j'allais la faire porter.

Au moyen d'un brancard fait avec des fusils et des branches d'arbres, l'animal put arriver à Ourtèn, où, sa dépouille enlevée, je l'abandonnai aux Arabes. Le lendemain je quittais le pays au grand regret de ses habitants, auxquels je promettais une visite en automne, et deux jours après j'arrivais à Constantine bien fatigué par les émotions de cette campagne.

Le 16 août, je reçus, par un mot du kaïd de Krenchela, la nouvelle de la mort du malheureux Amarben-Sigha.

Je me résume. S'il vous arrive jamais de chercher pendant le jour un lion que vous avez blessé la nuit, renoncez-y s'il ne laisse pas assez de sang pour qu'on ne puisse un instant perdre sa trace.

Il s'est réfugié dans un massif dont il ne sortira que pour bondir sur celui qui passera là.

Suivez donc toujours le sang pas à pas et jetez des pierres en avant pour débusquer l'animal à bonne portée et avant qu'il puisse arriver jusqu'à vous sans être tiré.

Gardez toujours le haut du terrain.

S'il pleut ou que la rosée soit abondante, couvrez les batteries de votre carabine.

Déchargez-la toujours en rentrant, et ne la chargez qu'au moment de partir, après l'avoir flambée.

Si, après une averse ou une forte rosée, vous éprouviez quelque crainte sur l'inflammation de vos coups, évitez une rencontre.

Ayez toujours des capsules et de la poudre de première qualité.

Enfin, souvenez-vous qu'un lion tombe rarement
sous une seule balle. — Ne cherchez jamais votre
salut dans la fuite quand il vous chargera, et, ces
conseils aidant, que Dieu et saint Hubert vous aient
en leur sainte garde!

FIN.

TABLE DES MATIÈRES.

www.ingramcontent.com/pod-product-compliance
Lightning Source LLC
Chambersburg PA
CBHW071909020726
47502CB00003B/951